蔡瀾選集・柒

老又如何

www.cosmosbooks.com.hk

書　名　蔡瀾選集・柒——老又如何
作　者　蔡　瀾
出　版　天地圖書有限公司
香港皇后大道東109-115號
智群商業中心13字樓（總寫字樓）
電話：2528 3671　傳真：2865 2609
香港灣仔莊士敦道30號地庫／1樓（門市部）
電話：2865 0708　傳真：2861 1541
印　刷　亨泰印刷有限公司
柴灣利眾街德景工業大廈10字樓
電話：2896 3687　傳真：2558 1902
發　行　香港聯合書刊物流有限公司
香港新界大埔汀麗路36號中華商務印刷大廈3字樓
電話：2150 2100　傳真：2407 3062
出版日期　2019年10月初版・香港

ISBN 978-988-8547-26-5

出版說明

蔡瀾先生與「天地」合作多年，從一九八五年出版第一本書《蔡瀾的緣》開始，至今已出版了一百五十多本著作，時間跨度三十多年，可以說蔡生的主要著作都在「天地」。

蔡瀾先生是華人世界少有的「生活大家」，這與他獨特的經歷有關。他祖籍廣東潮陽，新加坡出生，父母均從事文化工作，家庭教育寬鬆，自小我行我素，放蕩不羈。中學時期，逃過學、退過學。由於父親管理電影院，很早與電影結緣，求學時便在報上寫影評，賺取稿費，以供玩樂。也因為這樣，雖然數學不好，卻苦學中英文，從小打下寫作基礎。

上世紀六十年代，遊學日本，攻讀電影，求學期間，已幫「邵氏電影公司」工作。學成後，移居香港，先後任職「邵氏」、「嘉禾」兩大電影公司，監製過多部電影，與眾多港台明星合作，到過世界各地拍片。由於雅好藝術，還在工餘尋訪名師，學習書法、篆刻。

八十年代，開始在香港報刊撰寫專欄，並結集出版成書。豐富的閱歷，天生的愛好，為熱愛生活的蔡瀾遊走於東西文化時，找到自己獨特的視角。他筆下的遊記、美食、人生哲學，以及與文化界師友、影視界明星交往的趣事，都栩栩如生地呈現在讀者面前，成為華人世界不可多得的消閒式精神食糧。世上有錢人多的是，但不一定有蔡生的機緣，可以跑遍世界那麼多地方；世上有閒人多的是，也許去的地方比蔡生多，但不一定有他的見識與體悟。很多人說，看蔡生文章，如與智者相遇、如品陳年老酒，令人回味無窮！

蔡瀾先生的文章，一般先在報刊發表，到有一定數量，才結集成書，因此「天地」出版的蔡生著作，大多不分主題。為方便讀者選閱，我們將近二十年出版的蔡生著作重新編輯設計，分成若干主題，採用精裝形式印行，相信喜歡蔡生作品的朋友，一定樂於收藏。

天地圖書編輯部

二〇一九年

與蔡瀾同行

*金庸

除了我妻子林樂怡之外，蔡瀾兄是我一生中結伴同遊、行過最長旅途的人。他和我一起去過日本許多次，每一次都去不同的地方，去不同的旅舍食肆；我們結伴共遊歐洲，從整個意大利北部直到巴黎，同遊澳洲、星、馬、泰國之餘，再去北美，從溫哥華到三藩市，再到拉斯維加斯，然後又去日本。我們共同經歷了漫長的旅途，因為我們互相享受作伴的樂趣，一起享受旅途中所遭遇的喜樂或不快。

蔡瀾是一個真正瀟灑的人。率真瀟灑而能以輕鬆活潑的心態對待人生，尤其是對人生中的失落或不愉快遭遇處之泰然，若無其事，不但外表如此，而且是真正的不縈於懷，一笑置之。「置之」不大容易，要加上「一笑」，那是更加不容易了。他不抱怨食物不可口，不抱怨汽車太顛簸，不抱怨女導遊太不美貌。他教我怎樣喝最低劣辛辣的意大利土酒。怎樣在新加坡大排檔中吮吸牛骨髓，我會皺起眉頭，他始終開懷大笑，所以他肯定比我瀟灑得多。

我小時候讀「世說新語」，對於其中所記魏晉名流的瀟灑言行不由得暗暗佩服，後來才感到他們矯揉造作。幾年前用功細讀魏晉正史，方知何曾、王衍、王戎、潘岳等等這大批風流名士、烏衣子弟，其實猥瑣齷齪得很，政治生涯和實際生活之卑鄙下流，與他們的漂亮談吐適成對照。我現在年紀大了，世事經歷多了，各種各樣的人物也見得多了，真的瀟灑，還是硬扮漂亮一見即知。我喜歡和蔡瀾交友交往，不僅僅是由於他學識淵博、多才多藝，對我友誼深厚，更由於他一貫的瀟灑自若。好像令狐沖、段譽、郭靖、喬峰，四個都是好人，然而我更喜歡和令狐沖大哥、段公子做朋友。

蔡瀾見識廣博，懂的很多，人情通達而善於為人着想，琴棋書畫、酒色財氣、吃喝嫖賭、文學電影，甚麼都懂。他不彈古琴、不下圍棋、不作畫、不嫖、不賭，但人生中各種玩意兒都懂其門道，於電影、詩詞、書法、金石、飲食之道，更可說是第一流的通達。他女友不少，但皆接之以禮，不逾友道。男友更多，三教九流，不拘一格。他說黃色笑話更是絕頂卓越，聽來只覺其十分可笑而毫不猥褻，那也是很高明的藝術了。

過去，和他一起相對喝威士忌、抽香煙談天，是生活中一大樂趣。自從我試過心臟病發，香煙不能抽了，烈酒也不能飲了，然而每逢宴席，仍喜歡坐在他旁邊，一來習慣了，二來可以互相悄聲說些席上旁人不中聽的話，共引以為樂，三則可以聞到一些他所吸的香煙餘氣，稍過煙癮。蔡瀾交友雖廣，不識他的人畢竟還是很多，如果讀了我這篇短文心生仰慕，想享受一下聽他談話之樂，未必有機會坐在他身旁飲酒，那麼讀幾本他寫的隨筆，所得也相差無幾。

＊這是金庸先生多年前為蔡瀾著作所寫的序言，從行文中可見兩位文壇健筆相交相知之深，相信亦有助讀者加深對蔡瀾先生的認識，故收錄於此作為《蔡瀾選集》的序言。

目錄

做人

「要怎樣才叫做人？」小朋友經常問我：「我在街上看到眼光呆滯，穿得骯髒的老人，我不想老了，和他們一樣。」

「做人是一種很高深的學問。」我說：「不過不要想得太複雜，由最簡單的道理做起。」

「甚麼簡單道理？」

「就是要活得快樂，今天比昨天好，明天又比今天更好。」我說。

「那需要很多錢才做得到。」小朋友說。

「錢雖然重要，但是和生活的質素無關。」我說：「有很多富商，並不會活。」

「甚麼叫不會活？」小朋友問：「有了錢，要吃甚麼有甚麼，要去哪裏去哪裏。」

「不會活就是說他們忙碌了一生，沒有時間享受生活的情趣。怕死怕得要命，吃東西這種不敢吃，那種以為一吃就生病。」

「沒有錢怎麼去找快樂？」

「種種花、養養魚，不需要幾個錢。」我說：「要玩的東西，實在太多。不過這是努力得來的。」

「為生活奔波，吃都吃不飽，失業的人通街都是，還去種花養魚呢。」小朋友不滿。

「所以說要趁早培養多種類的愛好，音樂也好，時裝也好，除了自己的職業之外，努力學習其他東西，到了本行行不通，就可以轉變方向，做別的去。」

「沒有錢，做甚麼都不行。」小朋友不服：「你說的一天活得比一天快樂，不容易。」

「活得一天比一天快樂，是質素的問題，要求質素一天比一天高，那就得自己要往這個方向去走。質素提高了，對任何事都感好奇，眼光就靈活起來。質素提高了、就會愛乾淨，白恤衫天天洗，老了就有尊嚴。」

小朋友似懂非懂。其實越早知道這個道理，越好，我想。

聰明

老了，最大的享受是說真話。

陪一群人去酒吧喝酒，本來好端端地和酒女調情，忽然有一個人打開卡拉ＯＫ大唱特唱起來。

「難聽死了。」我開始說真話，那人靦靦覥覥，放下麥克風。

其他人鬆一口氣，大快人心，都羨慕我有把真相指出來的勇氣。

其實也不是夠不夠膽的問題，是來日不多，何必受這種悶氣的問題。

「請給點意見！」餐廳老闆問。

「不好吃。」我給了意見。

老闆拼命解釋：今天大師傅放假、市場沒有新鮮的料等等等等。

「你是要我給意見，還是來聽解釋的？」我問。

有人向我說某某人壞話時，我總是說：「想他們的好處，忘記他們的缺點，日子就會好過了。」

年輕人還有一個很大的毛病，充滿了敵意，時常把一件小事弄得很複雜。我說：「要就幹，不然罷手。沒有甚麼值得吵吵鬧鬧的。」

遇見一個人，一面講話一面用手拍我，我說：「我不喜歡人家拍我。」又得罪了一個，他永遠懷恨在心。但是，得罪就得罪，算得了甚麼？把他當女婿嗎？絕對不是人生損失。

再也不必敷衍了。人生快事！

尤其是對一直裝出客氣狀的虛偽日本人，我更不客氣，劈頭來一句：「是，和不是，簡簡單單，為甚麼你想得那麼辛苦？」

真話說得多了，說服力就強了，有時來一句假的，變成事實。

「靚女！」這麼一叫，人人相信。看到醜的，想怎麼叫也叫不出，惟有折衷，半真半假：「你很聰明。」

資格

父親和我，一路走一路聊天，看見一隻鴿子的屍體。

「怎麼死的？」博學多聞的他，忽然問起這個幼稚的問題。

「老了，死了。」我衝口而出。

父親靜默了一陣子，當年，他已是古來稀的七十。

我知道自己講錯話，不應刺激老人家，但已無挽回之地。好在又過了二十年，他才離我們而去。

退休後的父親，並非像一般長者那麼沒事做，環遊世界數次，閒時讀更多的書，整理家裏的花園；掃落葉，一掃掃到大路上，整條街掃得乾乾淨淨。又與有學問的友人吟詩作對，和低下層的聊天，突然由老人口中爆出一個黃色故事，引得大家樂融融。

對於死亡，父親並沒有我看得透徹，最後那幾年，還掛在嘴上，說想多活一會兒。

「你一定活到一百歲。」我說。

他搖搖頭：「不要一百歲，一會兒就好。」

當時我認為生死定於天，不能強求。現在我才明白，父親對生死並不眷戀，只是思想還年輕，好奇心還是那麼重，生命力還是那麼強，想多活一會兒，是對每一個月、每一天、每一鐘頭、每一分、每一秒，都覺得那麼美好。

所以我並不能同情唉聲嘆氣、整日喊無聊的人，對未成年少男少女的不珍惜生命，也不能接受。

暫短的人生，沒有甚麼好過看書的了。讀書人絕對不患老人癡呆症，只是層次越來越高。不看書的話，任何一門興趣都是學問，養魚種花刺繡，都能成為專家。

也許你說想死的人總有他們的理由，我也同意，但更認為是遺傳基因使然，要不就是懶惰和好奇心太弱吧。人，應該有點學問，有知識的人，要自殺，才夠資格。

姪兒婚禮

回新加坡，參加弟弟蔡萱的兒子蔡曄的婚禮。

當年我們住在一個叫大世界的遊樂場中，晚上抱着蔡萱散步的記憶猶新。弟弟從嬰兒開始愛上燈光，在我懷中沉睡，醒來，遊樂場打烊，他手指着剩下的數盞街燈，啾啾哎哎，非重遊，不肯罷休。

曾經抱過他的兒子，再過幾年，又可抱他的孫。自己沒有後代，又如何？有人送終的迂腐思想真可笑，死了還管那麼多幹甚麼。

蔡曄娶的是一位韓國少女，留學日本時認識，今晚她爸爸媽媽堅持穿韓國傳統服裝入場。弟弟的太太是日本人，也不執輸，着日本和服，場面有如國際服裝展覽會。

這次前來的親戚朋友們，由日本韓國來的加起來有二十三名，向星港旅行社新加坡分公司借了一輛大巴士，帶他們觀光。

加起本地朋友親人，一共擺了約十桌，吃飯時依新加坡傳統，大喊飲——勝。大姐蔡亮一家，兩個兒子各娶了媳婦，也每對兩名兒女。從一個人變成九人家族。大哥去世，女兒蔡芸一家也成三人。只有大哥的兒子蔡寧不肯結婚，他是電腦專家，愛上機器，現居美國，也趕了過來。

地位最高的是我的母親，已九十出頭。才不管你是誰，埋頭吃烤乳豬，喝她的XO白蘭地，一又一杯。

媳婦父母其他語言不靈光，我拼命把懂得的幾句韓國話翻出來和他們交談，越說越起勁，最後連韓國烤肉泡菜的名字也叫了出來，樂得他們笑融融。

座上不少熟悉面孔，與我同年的也已抱孫，有的禿頭，有的步伐蹣跚，只有我一個心中丹青不知老之將至，還是吃吃喝喝，嘻嘻哈哈滿場飛。在對方眼中，是否白癡一個？

學習

參加姪兒的婚禮，遇老一輩的親戚，都說我長得越來越像「細叔」。祖母生五男二女，在舊社會中算是完美的後代數字；父親排行最小，大家儘管那麼叫他。

我自己不覺察，還是他人的眼中較為正確吧。但一些小動作，我是無形之中模仿父親得十足。

像抽煙的時候，家父的煙灰都有過半支那麼長，旁邊的人看得呱呱叫之前，他把煙灰往盅裏一彈，從不會掉落地板。我也做同樣的事，旁邊的人照樣看得呱呱大叫。

年紀大了老花，眼鏡一戴，滑落到鼻根；寫東西時還來得方便，一有同事走進辦公室，不把眼鏡推好，便瞪眼看他們，相信家父舊僚看見了後，也以為是他老人家再生。

對茶道、書法和種花有興趣，也全受家父影響，我現在的生活方式，親戚看來，最與父親不同的，是對異性的好感。

學不到的，是對別人的寬恕，父親總告訴我：人都有缺點，兩心皆存不同層面；看好的，忘記壞的，自己快樂一點。

家父知道年紀差不多了，臨走之前還把自己的一生記載下來，我原可替他完成這個心願，但每次看家父的文字，都悲惻不已，他的其他教導，亦為白費。

年輕時的反叛是必經之道，我讓他擔心的事太多，當年我只嚮往西洋文學，對中國詩詞的欣賞力很低，是令老人家失望的事。

還有大搞男女關係，也令他側目。

父親沒在面前稱讚過我，只偷聽到他向老友說：「這孩子年輕時女朋友很多。」語氣還帶點自豪。

做兒子的缺點，在父親眼中，最後總變為佳話。我沒生小孩，當其他喜愛的年輕人為兒女，也許有那麼一天，我能向父親學習。

老玩家

玩家，也會老的。

上了年紀的玩家，照樣玩得瀟灑，不一定像一般人酸溜溜所說，是骯髒老頭Dirty Old Man。

外國遇到許多鬼佬老玩家，在漂亮女人身上大灑金錢，你情我願，也不是甚麼壞事。

在香港我也認識了一些，玩法不一樣，是去大陸買一間屋子，一個禮拜去一二次。

「這不是包二奶嗎？談得上甚麼叫瀟灑？」女友聽到後大罵。

「包二奶是笨蛋包死一個，」我說：「玩家本色，是應該一個又換一個的。」

「用錢去換，又有甚麼了不起？」

「換也要換得有技巧，換也要換得自然，換也要換得順理成章。」我說。

「不懂，」女友說：「你舉個例子來聽聽，看我是不是心服口服。」

「像我認識的一位王先生，已經七十多歲了，還是不停地往大陸跑。在他身邊的都是好女子，從不虧待她們。」我說。

「甚麼才算得上是好女子？」女友問。

「王先生喜歡的，是鄉下女子，城市的他嫌脂粉太重，不健康。」

「鄉下女子就是好女子？」

「也不是，遇到一些經濟上有困難的，王先生替她們解決，在其中選一個個性開朗的，繼續資助。」我說。

「其他老頭也會呀。」女友反駁。

「王先生不同，他向這個女的說：要人幫忙總不是長遠的。鼓勵她去找工做，盡量存錢，等到她經濟獨立時，能存多少，王先生就加倍地送禮。要嫁人時，王先生還替她們大排筵席，一切費用包在他身上。」我說：「鄉姑明白王先生是個好人，回去和姐妹們說了，大家羡慕不已，又替王先生選一個和自己個性相同的，再介紹給王先生。」

「我心服口服了。」女友說。

鯇魚粥與機關槍

四老，真名沒有人知道，到南洋謀生，已有四十年。

年輕時，四老對那回事真是天賦異稟，可以不拔鞘而連開四發，有機關槍小四的美名。年紀一大，人家便稱他為四老。

在中國，他有妻室、子女、孫兒。起初想賺了點錢回去，後來日本鬼子擾亂了他的計劃，便一直拖了下來，未返家園。

單身在異鄉，每天將賣笑女郎就地正法，錢再多也不夠花，為了節省，就糊裏糊塗地娶了個土女，連發之下，生了一個籃球隊。

一年復一年，四老不斷地寄錢回家，每接國內來信，看見髮妻娟秀的字，便想起當年的洞房花燭夜，以及翌日清晨的鯇魚粥。

這碗鯇魚粥在其他地方絕對吃不到，他太太的刀法極佳，火候又抓得準，新鮮的魚片，在滾粥裏一灼，入口有彈性，不像別人燒得那麼又碎又爛。

南洋的老婆亦很賢淑，她自認為佔了人家丈夫，心中有愧，常常勸四老回家走走。

四老欠那筆感情債是無法補償的，無論如何都應付不了見面時的尷尬。愛打趣的朋友對四老說：「回去是應該的，不過要穿多幾條底褲。」

「為甚麼？」四老問。

回答道：「如果太太發了脾氣，拿着剪刀要硬剪你那個話兒，最少也可以拖延幾分鐘時間逃走。」

四老聽了只是苦笑。

到退休那年，站也不是，坐也不是，四老腦中的鯇魚粥越來越大碗。最後，他向那朋友說：「怕甚麼？回去後最多先自行切下給她做及第粥。」

到了久別的家鄉，兒孫候門，老妻卻逃進房裏。

左右鄰居，老老少少的擠成一團，他們主要的還是想分點禮物。

在紛擾中，四太太忍不住，從房裏衝出來，喝請各人回去。

兩人相對，感慨萬千，叫四老驚奇的是她十分健碩，而且三圍不變。

當晚，四老一家，關上門，在廳上敘舊。四太太向兒媳們說：「你們父親在外，孤單寂寞，他討一房小的，也是應該。」

四老聽了鬆一口氣。

她繼續說：「一個男子，無人服侍，如何了得。何況……何況他那……。」

說到這裏，四太太向他望了一下，兩人都紅了臉。兒媳們都莫名其妙，本來是同情四太太守活寡的，現在看她那似笑非笑的表情，不知要怎麼反應才好。

「好了，不早了，你們收拾碗碟快點睡……。」四太太一說，大家散了。

那一夜，四太太燒了一盆熱水，親自替四老「洗番腳」。

之後，她自己亦在房裏沐浴，四老要看她，她熄了電燈，燃上一對紅蠟燭，而且焚了香，在香煙繚繞之下，兩人都有了幻覺，回到當年洞房的時候……

鏡頭搖上，天空有個圓月。

天未亮，四太太起了床，整髮抹粉，她望着甜睡中的丈夫，越看越開心。趦足到廚房，她煮了一碗鯇魚粥，再添上自己種植的芫荽，給四老用早點。

「很久，很久，沒有嘗到這味兒了。」四老說。

「是的，很久很久，沒有嘗到這味兒了。」四太太喃喃自語。

四老又愛又憐，拖她入懷，但給她用手推開。

「我那小的，雖然賢慧，但沒有妳……。」四老說到這兒，她立刻捂着四老的嘴，道：「從此之後，不許妳在我面前提她。」

看在四老眼裏，其意心動、其音悅耳、其味甘酸，是一首艷詩。

四老強來親了個嘴，她說：「給媳婦們看到像甚麼話？」

說完起身。

四老問道：「妳要去那裏？」

「關門呀！」她說。

鏡頭又搖上。天空有個大太陽。

從第二天起，四老一步亦不踏出房門，和四太太如糖黏豆。

四老在家住了二個月後，陪太太到全國去遊山玩水。到了蘇州寒山寺，夫婦向佛像禱告彼此平安，他們所獻的是一束昂貴的綢花，洋名為「永毋忘我」。

又去了泰山，四太太真是健步如飛，四老卻腳力不濟，她回頭，把四老的腋下一托，兩老果然登上了南天門。

「老的，你還了得。」四太說。

四老喘着氣：「我在南洋，出門還要用枴杖，現在像打了一針荷爾蒙。」

四太說：「老的，你已經夠犀利了，打了針還得了？」

聽了氣順，四老的呼吸再不急促。

看着他的微笑。四太說：「番鬼藥太霸道，以後還是試試北京同仁堂的十全大補丸好一點。」

日出的壯麗，也勾起另一處的健狀，兩人一看旁邊無人，又來了一下。這一次，差點就要了四老的老命。

又回鄉下，四老還是賴着不肯走。四太可是個明理之人：「老的，你在那邊已落葉生根，和我不過是一場舊夢，明天，你好去買船票了。」

送到碼頭，四老說：「明年，這個時候，再來看妳。」

「路途遙遠，沒有回來的必要了，讓小的照顧你好了。」

「妳捨得嗎？」

「第一次，我已經捱了四十年；這一回，可以頂一世。」

四老笑道：「我忘不了妳的鯇魚粥。」

四太漲紅了臉：「我才忘不了你的機關槍呢！」

戀手

黃伯伯已經九十多歲了，頭雖禿，但身體健壯。衣着隨便，永遠是白恤衫黑衣褲，看起來像個退休了的窮書記。

每天早上散步六哩，人家見到跟在他身後的那穿白制服司機駕駛着的那輛勞斯萊斯，才知道對他印象錯誤。

和黃伯伯在一起聊天，發現每次有少女走過，他的視線不落在她們的臉或胸，只是緊緊地盯着她們的手。

有天早上忍不住地問他：「為甚麼？」

這是黃伯伯的故事：

九歲時父母雙亡，迫得去賣甘蔗、橄欖；沒錢唸書，偷窺師塾窗口，整本《千家詩》強記起來。雖然已熟悉方塊字，但還是要靠勞力為生，演傀儡戲、唱南管，甚至於被僱出抬死人棺材，賺了幾個錢當賣貨郎，我每天挑了兩個大木箱，走三鄉六里，接觸過百家少婦，也見過千家少女。

一天，我給雷擊了，我看到天下最美麗的一雙手！

我心裏想：「要是她肯讓我摸一摸手，那我寧願早死十年！」

她忽然間好像了解我的心意，轉過頭來向我微笑答謝。只能在章回小說裏出現的事，發生在我身上，但是貧富懸殊，親事無法提起，我永遠永遠不能摸到她柔美的雙手。

我一氣之下來了南洋，二十年奮鬥，賺了不少錢，又不死心地跑回去鄉下看她。「雞棚裏哪有隔夜蚯蚓？」老朋友說：「她早就嫁人。如今不生孫，也應生子！」

我失望之餘，想回南洋，但還是忘不了那雙手。散了些錢，調查到那少女的住處。真是有緣，她剛在井邊洗衣，一見到我，也很高興地迎前：「你不是去了南洋發財嗎？怎麼到現在還是白恤紵衫黑長布褲的？」

她一面說一面用圍巾抹着她浸濕了的雙手。我一看，天啊！已浮上了雜亂的青筋。我不相信我自己的眼睛，我也不相信已經沒有辦法再看到那雙美麗的手！到現在，我還一直在找。有一天，我一定可以找到。

夢香老先生

家父友人中有一位蔡夢香先生。他是潮州人，在上海清政大學讀書，後來寄居星洲和檳城。

蔡先生是一位清癯如鶴、天真如嬰兒的老人，很隨和脱略，老少同歡。手頭好像很闊綽，隨身行裝卻很少，只有一個又舊又小的籐箱。一天，一個打掃房間的工人好奇地偷看他那籐箱中裝的是甚麼東西，原來那三兩件的衣服已拿去洗，裏面空空洞洞，只有摺疊着一張黃紙，寫着「處士諱夢香公之墓」。

大家知道了這秘密不敢説出口，老人卻敏感地佔先聲明：「自己的身後事讓自己做好，不是減少後人的麻煩嗎？」

他更寫了一首詩：

隨處儘堪埋我骨，天涯終老亦何妨？

死生不出地球外，四海六洲皆故鄉。

一生中，蔡先生從來不用床。疲倦了躺在醉翁椅上，像一隻蝦一樣屈起來做夢。夢醒又寫詩作對，寫完即刻拋掉。甚麼紙都不論，連小學生的算學藍色方格簿上也寫。桌上一本書也沒有，但是看他的詩、書法和畫，可知他的功力極深。除了作夢，蔡先生還會吐納氣功，清醒的時間只有十分之二三。當他作畫時，不知自己是書是畫，是夢是醒；醒後入夢，而不知其夢。對於他，甚麼所謂畫，怎麼所謂醒，都不重要了。

有一天，一件突發的事破壞了他一貫的生活規律。那是他中了頭獎馬票。本來冷眼看他的人都來向他借錢。他說：「想見面的朋友偏偏不來看我，因為馬票已成友情的故障；而怕和我見面的卻天天包圍着我，這怎麼辦？」

還有怎麼辦？他暢意揮霍，過了一年半載，把錢花光了，然後心安理得，蜷曲醉翁椅昏昏入夢。

文人的生活到底不好過，他流浪寄居於各地會館，終遭白眼。蔡先生於八十三歲逝世，我一直無緣見他一面。今天讀他的遺作，知道他在臨終那幾年已喪失了豪邁，他寫道：

處處崎嶇行不得，艱難萬里度雲山；
不如歸去去何處，隨遇而安難暫安。

這首詩與他當年之「四海六洲皆故鄉」的曠達心情是相差多遠，不禁為他老人家流淚。

阿叔

小時，最大的樂趣是等待星期天。一早，爸爸媽媽姐姐哥哥和我，手抱着弟弟，一家六口穿了整齊乾淨的衣服，乘了的士，由我們住的大世界遊樂場，直赴後港五條石阿叔的家。

阿叔姓許，我們沒有叫他許叔叔，只因他比我們的親戚還親。

車子經一警察局、一花園兼運動場和一個巴刹，向左轉進條碎石路，再過幾間平房，就是阿叔的花園。我們按鈴，惡犬汪汪，阿叔的幾個兒子開門迎接。

花園佔地一萬多呎，屋子是它的十分之四，典型的南洋浮腳樓，最前端是個有頂的陽台，擺着石桌石櫈子。

笑盈盈的阿叔，有略微肥矮的身材，永不穿外衣，只是一件三個珍珠鈕扣的圓領薄汗衫和一條絲製的白色唐褲，圍黑皮附着錢包的腰帶。頭髮比陸軍裝還要長一點，一張很有福相的圓臉，留了一筆小髭，很慈祥地說：「來，先喝杯茶。」

由陽台進主宅的門楣上，掛着一副橫匾，寫了幾個毛筆字，簽名並蓋印。

第一次到阿叔家時拉爸爸的袖子，問道：「寫些甚麼？」

爸爸回答：「這是周作人先生寫給阿叔的，是他的這個家的名字。」

「家也有名字嗎？周作人是誰？」我還是不明白。

「你以後多看書，就知道他是誰了。」爸爸很有耐性地：「也許，有一天，你會學他寫東西也說不定。」

「但是，」我不罷休：「為甚麼這個周作人要寫字給阿叔？」

「阿叔是一個做生意的商人，但是很喜歡看書，而且專門收集五四運動以後的書……。」

「五四運動？」我問。

爸爸不管我，繼續說：「中國文人多數沒有錢。阿叔時常寄錢給他們，為了要感謝阿叔，就寫些字來相送。」

「文人很窮，為甚麼要學他們寫東西？」我更糊塗了。

一年復一年，到花園嬉玩的時候漸少，學姐姐躲在書房裏，談冰心、張天翼和趙樹理。

病中，捧着《西遊》、《三國》和《水滸》，書籍真的有一種香味。

打從心中喜歡的還是翻譯的《伊索寓言》、《希臘神話集》等，繼之是狄更斯的《大衛．高柏菲爾》、雨果的《悲慘世界》，接着是俄國的《卡拉馬卓夫兄弟》、《戰爭與和平》，最後連幾大冊的《約翰．克里斯朵夫》也生吞活剝。

阿叔的書架橫木上貼着一行小字，「此書概不出借」，但是對我們姐弟，從來沒搖過頭。我們也自覺，盡量在第二個禮拜天奉還，要是隔兩個星期還沒看完，便裝病不敢到阿叔家裏去。

轉眼就要出國，準備瑣碎東西忙得昏頭昏腦，忘記向阿叔話別就乘船上路。爸爸的家書中，提到阿叔逝世。

為生活奔波，我連流眼淚的時間也沒。心中有個問題：「阿叔的那些書呢？」所藏的幾萬冊都是原裝第一版本書籍，加上北京、清華等大學的學報、刊物和各類雜誌。五四運動以後出版的，應有盡有，而且還有許多是作家親自簽名贈送的。三十年代，在上海出版的三種漫畫月刊，也都收集。有些資料，我相信兩岸未必那麼齊全。

阿叔在南洋代理手揸花三星拔蘭地、阿華田、白蘭氏雞精等洋貨，他的店舖並沒有甚麼裝修，一個門面，樓上是倉庫。

在一旁，他有一間小小的辦公室，裏面除了一個算盤之外，便是一副功夫茶具。薄利多銷是他的原則。也許是因為染上文人的氣質，他的經營方法已是落後，晚年代理權都落到較他更會謀利的商人手裏。

病榻中，阿叔看着他那幾個見到印刷品就掉頭走的兒女，非常不放心地向爸爸提出和我同樣的問題：「那些書呢？」

爸爸回答：「獻給大學的圖書館吧！」

阿叔點點頭，含笑而逝。

酒舅

母親好酒，一瓶白蘭地，三天喝完，算是客氣。七十多歲人了，還是無酒不歡。親戚友人嘴裏雖勸説別喝過量，但是見她身體強壯，晨運時健步如飛；令到半滴不入喉的人，反而覺得自己是否有毛病。

人上了年紀，生活方式不大有變化。週末，爸爸和媽媽多是到十八溪前的豐大行去找一群老朋友聊天。爸爸有他吟詩作對的同伴，陪着媽媽的是一位我們的遠方親戚，他也好杯中物。慢慢喝，他們兩人一天三瓶不是問題。這親戚比媽年紀小，我們就管叫他做「酒舅」。

酒舅身材矮小，門牙之間有條縫，身體結實得像一塊石頭，再加上頭頂光禿到只剩幾根稀髮，更像一塊石頭。他的笑話，講個沒完沒了，講完先自己笑得由椅子上掉下來。《射鵰》裏的老頑童找他來演，不用化裝。

出生於富家的酒舅，從小就學習武藝，個性好勝，到處找人打架。他又喜歡美食，更逢飲必醉，經常酒後鬧得不可收拾，乾脆和惡友不回家睡覺，吵至天明。隣居第二天找上門來，他父親雖然恨透，但還維護着他，劈頭問隣居道：「你兒子昨晚把我的兒子引到甚麼地方去？」

問罪之人，反而啞口無言。

他父親是個讀書人，生了這麼一個不肯做功課的兒子，拿他一點辦法也沒有，差點氣出病來，但是酒舅不管三七二十一，照樣研究炒甚麼菜下酒，不瞅不睬。與其他個性善良純厚的兄弟比較起來，酒舅是一個標準的惡少，村裏的人，沒有一個對他有好感。

唯一的好處，是酒舅喜歡好打不平，經常幫助人家解決疑難問題。遇到有甚麼紛爭，他便站出來做和事老。

他當公親，多由自己掏腰包出來請客，圖個見義勇為的美名。名堂雖佳，卻要向兩方討好。

一次甲乙雙方爭於某事，幾乎弄到糾眾械鬥，酒舅夾在中間，向雙方惡少說：「你們有膽，先把我殺死再說！」

惡少們知道酒舅曾經學武，能點穴，和人相打時，只用力踩對方的腳盤，那人便倒地不起。

結果，大家都賣酒舅的賬，一場大鬥，便不了了之。

酒舅，從小不靠家產，自己出來闖天下，由一個月薪兩塊錢的小子，漸漸爬到成為一間樹膠機構的經理。在那小鎮上，酒舅算是一個大紳士。

晚年，他父親不跟其他兒女住，而鍾意和酒舅在一塊，因為他談吐幽默，又燒得一手好菜的緣故。

而這個兒子，和其他人想像不同，到底個性忠直，一直對父親很親近。漸漸地，他也得到了他父親的薰陶，學了讀歷史的好習慣，對文學也越來越有修養。酒舅每天陪着他父親讀書寫字，練出一手柔美的書法，這一點，村子的人做夢也沒有想到。

去年，酒舅去中國旅行，在內地參加了一個旅遊團，團體有廣東省雜誌的記者和澳洲的撰稿人及攝影師。

起初，大家認為酒舅是個南洋生番，樣子又老土，都不大看得起他。

一坐下來吃飯時，酒舅看到甚麼地方的人就用甚麼方言相談。

「你會説幾種話？」廣東記者聽了好奇地問。

「會說一點廣東話、客家話、福建話，還有潮洲話……。」

酒舅輕描淡寫地用標準的普通話回答說：「不過，這些只是方言。」

澳洲人前來搭訕，酒舅的英語更像機關槍。當然，他還沒有表演他的馬來語和印度話。

每到一處古蹟，酒舅更如數家珍。

他父親的教導，並沒有白費，比當地的導遊還更勝一籌，令得眾人驚訝不已，事事物物都要向酒舅探詢。

過後，廣東畫報有兩三頁的圖文報道，稱酒舅為罕見的南洋史學家及語言學家。酒舅讀後，笑得從椅子上掉下來。

婚姻狀況

任職移民局的友人告訴我一些他們遇到的趣事：

申請護照時，必須填入的一行特徵和婚姻狀況。前者是指臉上與常人不同的特點，如左頰有顆痣、缺了上唇、雙眉連鎖等等，但是填報者不明白這道理，故填入的有：左右邊乳房大小不同、球狀生殖器官，一顆在上一顆在下等。

更有人將這一項推展到精神方面，填入健談、個性柔順、好酒、暴躁、甚至說自己性能力特強。

肉體方面填入：四肢發達、頭腦簡單，或是說自己雙腿瘦小；或是說自己胸部特大等。更有糊塗蟲寫上生了香港腳。

婚姻狀況應填的只有：未婚、已婚、離婚、守寡等四項。但是有人就長篇大論地真實敘述，如：與女友同居是否要結婚正在考慮中、與丈夫分居目前在物色新男朋友等。

老處女說：不相信獨身主義，你有沒有興趣？
老處男說：在求偶，只要是穿裙子的人，都可考慮。
已婚男人說：有情婦多名，最近對男人也感到有吸引力。
已婚女人說：丈夫無能，所以，想到意大利去旅行。
守寡男人說：等了很久，好歹才死去一個，哪敢再娶？
守寡女人說：久未嘗此味，兩腿之間，已長蜘蛛網。
婚姻本來就是前人製造出來的一種觀念，是否合適你我，見仁見智。它應該跟時代而消逝。

在一百年前，娶四個老婆是代表成功人士。現在的名人，表而上是遵守結婚規則，暗地裏有幾個男人和女人也不出奇，和一百年前不是一樣嗎？

有人建議：中年男人娶一個年輕女人，他能夠把最好的東西傳給她，等到這女人變成中年，丈夫死去，再嫁年輕人，把豐富的經驗教授，一方面對性又有滿足，一直那麼循環下去，這就是最佳婚姻狀況。

老帥

楊志卿先生和我在日本拍《金燕子》外景時認識。他很喜歡喝酒，臉和鼻子永遠是紅的。喝呀，喝呀，覺也不用睡了，第二天照樣開工，好像鐵打的。大家叫他做老帥。

住的是榻榻米的大房，中間由紙門隔開。他拿了一瓶日本清酒，一點八公升，一道門、一道門打開找我，我一間、一間地躲開，結果還是很樂意地被他給逮住。他是我喝酒的老師，教我說：「喝酒，只要有三杯白蘭地的量，就能打倒對方。比方說在喜宴上，和不相識的人同桌，遇到喜歡鬧酒的是件麻煩的事。一般人起初都讓來讓去。雖然他們的酒量好，但是總不肯一開始就喝。如果有這種情形，最好是先倒滿一杯，呱的一聲一口把它喝乾了，先來個下馬威。接着，你一下把酒瓶搶過來，為自己倒滿，他們一看，就再也不敢來逗你！」

戲拍完後大家回去，我留在日本，過了一個時期我才路過香港。其他人都忙着本身的工作，沒空陪我。聽說老帥的腳因為喝得太多而患風濕，在家休養。以為沒有時間見面，但他還是一拐一拐地找到酒店來看我，手捧着兩罐茶葉，這個印象，一直留在腦海。

後來住香港，岳華經常約他和我喝酒，他告訴了我們許多影壇中的趣事，大家聽得津津有味。他說話聲音洪亮清楚，這是從前演話劇的時候訓練出來的。他說：「那時，我們一上台，看一看觀眾，就要想辦法把對白說到角落裏的人都能聽見。」

每年雙十節的演職員聚會，老帥都參加籌辦。一次，他的小兒子由樓梯摔下來死了，家人打電話給他，他還是將大會安排妥，第二天才去辦喪事。

他有幾個喝酒的老伴，吃晚飯時一人拿一瓶白乾放在自己的面前，你喝你的，我喝我的。酒後，喜歡對對句子。

有一晚，只剩下一條黃瓜下酒，做個對說：「一條黃瓜鬧三更。」下一句大家怎麼都對不上，老帥懶洋洋地：「兩瓶白乾驚四座。」

一月齋主人

提到王七人伯伯，想起在馬來西亞的一月齋主人。他也是過番的苦力，在樹膠園中幹了幾年，眼光好，把儲蓄投資在新園地，越買越多，最後擁有數萬畝。

年輕時窮困討不到老婆，他那一方面的要求特別強烈，惟有天天借重五指，一面捽，一面狠狠地說：「他媽的，老子有了錢就娶他媽的三十個！」

現在，他的願望達到，三十個太太輪流服侍，他也按照妻子們的生理排號碼，按日期每個照顧，公正得很。

「那要是遇到二月只有二十八天呢？」有人問他。

「只好額外工作補償啦！」他笑着回答。

由師爺處，他漸漸地學字，又每逢叫戲班子來他的巨宅表演後，重賞請他們留下，要他們把曲子詳細地講解給他聽。老婆之間，識字的也不少，他敦倫完後就向她們討教，差點沒像蘇東坡一樣在她們的肚皮上練書法。

幾年的苦功，他已經學會看通俗小說，進而閱讀線裝古典文學。到了晚年他開始欣賞字畫，要為自己的書齋取個名字，許多文人為他建議了好幾個齋名，但他都不喜歡，最後自己大笑起來，因為他想到了那三十個老婆，稱之為「一月齋」。

一月齋買了很多古董和字畫，但多數是假的。當時有一批畫家書家到南洋去開展覽，一月齋主人總買上十張八張，變成藝術家每到該地必去拜訪的大客戶。所以一月齋所藏的亦有真跡，單是徐悲鴻已有三十多幅。

那麼多的字畫，不來一個記號不行，他請名家為他刻了一方「一月齋珍藏」的圖章，買了字畫就押上。蓋得多了手痠，叫老婆幫忙。老婆們蓋歪了還是印倒了，就再來一下。好好的畫，加了幾塊紅豆腐，真他媽的可惜。

年老，一月齋拜起佛來，認為罪過，就把妻子們都遣散了，一人分幾百畝樹膠園。

對往事再不重提，一日酒醉，一月齋道：「其實，當年妓院還有幾個老相好。」

「你已有三十個老婆了！」人家說。

一月齋答道：「哪裏那麼準，其中也有月事失調的呀！」

蜀道奇遇記

豐子愷先生說，他在旅遊的時候，最喜歡拿幾冊線裝本的《隨園詩話》來讀，而我的習慣是出門帶豐先生的作品，重溫又重溫，印象最深的是他所寫的《蜀道奇遇記》。

在四川的一個小縣城投宿，因為豐先生不吃葷，找了幾家餐館，才有一間叫范嫂開的館子肯做。吃完寒暄之下，知道她是嘉興人，問她的家事，范嫂的音調和臉色都帶不自然的樣子，所以也不便多談了。

回到客棧，豐先生的學生來訪，他已做了軍人，帶了煙酒與老師敘舊。一聽見豐先生見過范嫂，即刻説這是一個奇女子，關於她的事，古今東西，恐怕是獨一無二的。

她在故鄉嫁給姓范的，生了一個女兒叫玲姐。逃難的時候，一顆爆彈將老范給炸死了，剩下母女兩人，她只好到衡陽去為一個叫李俠的人家裏當傭人，女兒玲姐另外去一個團長處打雜。

衡陽又失守，李俠夫婦逃到桂林。范嫂也跟了去，就和女兒玲姐失去了聯絡。范嫂非常忠心，李家的嬰兒都由她照顧，後來晚上也不跟母親，反而要跟范嫂。

李俠的父親在南京，雖然年紀已有四十二歲，卻飲酒使氣，豪俠好義，看起來只是三十出頭。曾留學日本，當今迫得當翻譯。他在一天晚上看到一群日本兵要強姦一個少女時，為她解圍，說是自己的女兒，獸兵才放過她。老李的妻子早死，這少女感恩報答，就嫁了給老李。

范嫂三十歲，比她小十歲的李俠夫婦對她很好，後來竟訂盟約，改稱范嫂為大姐，詎知不到數日，李太太染上流行病，一命嗚呼。李俠哀悼逾常，大姐更是哭得淚人兒一般。李太太的臨終的遺囑，是要大姐嫁給李俠，這時感情的融洽、事實的趨勢，使他們自然地結合了，孩子一向跟范嫂，從此轉叫媽媽。

一天，他們歡迎在南京的父親老李來四川小住。怪劇就在這裏發生，兒子媳婦向初見的繼母行見面禮時，忽然大家號啕大哭。

原來這後母就是范嫂失蹤了的女兒玲姐。

你想：一家是母女二人，一家是父子二人。兒子娶了那母親，父親娶了那女兒。這不是古今東西從來未有的奇事麼？

結果豐子愷的學生還拿出一張紙來，用筆畫了四個人。老李，四十二歲；范嫂，三十五歲；李俠，二十五歲；玲姐，十九歲，並且用線把每二人連結起來，單線表示親子關係，雙錢表示夫妻關係。

這兩對，一方面是天成佳偶、恩愛夫婦，在另一方面，卻是越禮背義、駭俗亂倫。

現在我們試試探找他們關係的名義，有更奇妙的情形。

先說范嫂：她的丈夫，同時又是她外孫。她的公公，同時又是她的女婿。她的女兒，同時又是她的繼婆婆。

次就玲姐：她的母親，同時又是她的媳婦。她的丈夫，同時又是她的繼父。

再說老李：他的兒子，同時又是他的岳父。

最後說李俠：他的妻，同時又是他的外婆。他的繼母同時又是他的女兒。他的父親同時又是他的女婿。

如果要把他們之間所生的兒女都算進去，中國人的複雜稱呼，寫個一天一夜也寫不完。

老李見過兒子後，從此也在四川定居下來，另外租了一間房子，聽說和他兒子這家人，是從不來往的。所以范嫂一被豐先生問起家事，也難於啓齒。

這一切都是戰爭的因果，除了家破人亡，還有使人哭笑不得的副產品。

讀豐子愷先生的《緣緣堂隨筆》，可以感到人生落寞和其他小宗事中的歡悅，是最好的旅行伴侶。

他老人家的作品中，總有一個「緣」字的主題。

極微的一個「緣」字，能左右人的命運，操縱人的生死。這些「緣」都是天造地設，全非人力所能把握的。

六不

城市人很注意飲食健康，這個不要吃，那個不要吃，真的是要做神仙去了。

豬油更是一大禁忌。甚麼都用粟米油或花生油，味道當然不及以前父母燒給我們的那麼好吃。

糖也是壞東西，喝咖啡時已用人造糖代替普通糖，但是為甚麼我們小時候，把白色的方塊糖當零食，卻一點問題也沒有呢？

鹽更是致命的，沾一點醬油，旁邊的人即刻說：「吃那麼鹹對腎臟不好！」是的，道理我知道，但是對着那些毫無味道的餸菜，不加點生抽怎麼進口？

辣椒多吃令喉嚨沙，臉上的眼睛有毛病，對下體的眼睛更有傷害，吃辣的人只限泰國人和韓國人，這是他們的生活習慣，他們吃了沒事，我們嚐一嚐即刻生病。

凡是肉類都有害，乾脆吃素好了，齋菜館大行其道，我們最好都去做和尚。

所以有個名醫寫了以下的禁條：

一、不吃油。

二、不吃糖。

三、不吃鹽。

四、不吃辣。

五、不吃肉。

叫它為「五不」，這一來身體健康絕對沒有問題。我自己也有禁條，但是不是「五不」，而是「六不」，最後一個「不」，是「不好玩」，早點死了算數。

豆腐老頭

要趕稿，想不出東西，苦惱得很。

太陽高昇，這是冬日的回陽天，還要寫些甚麼鳥東西？這麼好的天氣，一定要往外跑。

走過花園街菜市，見一老頭守着空檔子，他雙手各抓短木棍，將一發泡膠盒當鼓，又翻起磅秤的空鐵盤當鑼。

以為他發神經亂敲亂打，但仔細一聽，原來是伴着收音機的的士高音樂節奏，有條有理。

這一類人物絕對不會向你搭訕，我見得多，已有經驗，即刻親自上前去和他聊天：「阿伯，電台播的是鬼佬音樂，你打的是唐人曲子呀。」

老頭搖頭擺首，一面享受一面大聲地：「鍾意就得，鍾意就得，不分東西。」

「您學過音樂的？」

「不，不，年輕時候跟人家舞獅，無師自通。」喊完又閉眼睛，繼續敲打。

許多人走過，投以好奇眼光，老頭不瞅不睬。

「阿伯是賣甚麼的？」我由他的檔子看不出來。

「豆腐。」老頭輕鬆地回答。

但是賣豆腐的是旁邊一檔，老頭見我奇怪，解釋說：「我今年已七十五了，還賣甚麼命，那是我老婆，她賣，我享受！」

原來老頭坐的攤子是別人的，他只借來玩，他老婆賣東西，他在她身旁一邊作樂，一邊陪伴。

一條黃狗走過，老頭即興地創作對白：「阿二呀，阿二，是不是老大欺負你，你才隨街浪蕩？」

七字真言

返港後讀隔夜報紙，看到天光，汁都撈埋，是我的習慣。

港聞中說初七是人日，三千多個來自大埔區的耆英，一同參加千歲宴。

明年便是百歲的林伯，其養生之道竟是多年來伴他左右的香煙和米酒，幾十年來沒有做過運動，至今仍健步如飛。

所以說，每個人的體質不同，不能勸人或強迫人做這做那，讓大家有生活和思想的空間。一種米養百種人的哲學，永遠沒錯，一直是很好玩的觀察人生的態度。

家父活到九十歲才去世，也是每天抽煙。我媽媽健在，也九十了，每天要喝酒。老人家一滴不沾，才是我們擔心的時候。

健康是由生理和心理的平衡造成。這不吃那不吃，擔心東憂慮西，病就跑出來。癌症和胃潰瘍的罹患，由憂鬱開始。

那三千多位人瑞長壽之道各師各法，但有一個共同點，就是年齡已高，但心境依然是年輕的。當然，幽默感也有幫助。

如果活到一天，性慾消失，食慾不振，全身是病，思想枯竭。那麼，就應該自動地走下舞台，這已不是人道或不人道的問題了。

有人說抽煙害死自己不要緊，但讓人吸二手煙，是大罪。至目前為止，二手煙危害健康的醫學報告並未得到證實，否則美國煙草公司早就要被告到仆街。我們抽煙的人，不在密室中向人家噴，是種禮貌。害不害人不去管它，禮貌總得遵守。至於喝酒，那是絕對影響不到他人。到七八十，也不會迫人鬥酒。

中國文學家葉聖陶活到九十歲。

「你的長壽秘密是甚麼？」人家問。

「依足七字真言去做，就行了。」他回答。

「哪七字？」

葉公懶洋洋地：「抽煙、喝酒、不運動。」

老了

你甚麼時候知道自己老了？

當你在餐廳吃飯，拼命研究菜單，而不去看那性感的女招待。

當你做完愛後抽一根煙，而醫生限你一年只抽一包。

當身體會叫你半夜起身，年輕時是做別的事，現在起身是要上洗手間。

當你常忘記三件事：第一件是見了面，忘記對方姓甚麼；第二件，忘記眼鏡放在甚麼地方；第三件，到底第三件要說甚麼？

當人家問你：伯伯，你知道甚麼叫舉重嗎？你回答道：當然知道，把腳舉起來呀。

當人家問你：伯伯，你知道勃起是怎麼一回兒事嗎？你回答道：當然知道，舉重呀。

當你認為自己還是像以前那麼漂亮，不過要多花一個小時化妝。

當你口渴時不會叫一瓶生力，只會要一瓶 Perrier。

當別人告訴你：你看起來更年輕。

當你能做一切你年輕時能做的事，不過這種人，年輕時能做的事並不多。

當你想念的不是從前美好的日子，是從前美好的晚上。

當你唯一能得到的吻，是人工呼吸。

當你在街上走，遇到一個人很像你從前的女朋友，這女人是女朋友的女兒。

當你還在追女人，朋友問你幹甚麼？你回答説：狗也追車呀，但是牠們不一定能駕駛。

當你向初認識的女人解釋：屋上有霜，屋內有火的意思。

當你在甚麼地方都能睡覺，電視機前、沙發椅上、坐火車、乘巴士，但是躺在自己的床上，就睡不着。

當男人開始打哥爾夫球。當女人開始求神拜佛。

訃文和輓聯

當你重複倪匡兄講過的話，而講得一點也不好聽的時候，只有把他的原文翻出來一字不漏地照抄，一方面也可以省時，一方面不費力地大賺稿酬，何樂不為？

倪匡兄的雜文很好看，連他寫的「訃文」亦精彩，為古龍寫的，照錄如次：

我們的好朋友古龍，在一九八五年九月二十一日傍晚，離開塵世，返回本來，在人間逗留了四十八年。

本名熊耀華的他，豪氣干雲，俠骨蓋世，才華驚天，浪漫過人。他熱愛朋友，酷嗜醇酒，迷戀美女，渴望快樂。三十年來，以他豐盛無比的創作力，寫出超過一百部精彩絕倫、風行天下的作品，開創武俠小說的新路，是中國武俠小說的一代巨匠。他是他筆下所有多姿多采的英雄人物的綜合。

人在江湖，身不由己，如今他擺脫了一切羈絆，自此人欠欠人，一了百了，再無拘束，自由翱翔於我們無法了解的另一空間。他的作品則留在人間，讓世人知道曾有那麼出色的一個人，寫下過那麼多好看之極的小說。

未能免俗，為他的遺體舉行一個他會喜歡的葬禮。

人間無古龍，心中有古龍，請大家來參加。

後來，在葬禮上，倪匡兄和王羽等人商量好，買幾十瓶XO，放進古龍的棺材裏，但是，蓋棺之前，大家又商量過，不如喝掉它，古龍才會高興。

事實上，陪葬的只是空瓶。

説起古龍之死，有很多近於靈幻的故事，等大家去翻閱倪匡兄的雜文集吧。

最後，倪匡兄還寫了一對傳統輓聯：近五十年人間率性縱情快意江湖不枉此一生，將三百本小説千變萬化載籍浩瀚當可傳千秋。

結局

吳宇森兄從加州傳真一封信過來，談及黃霑兄走前還有一點痛苦，我感受頗深。

關於死，中國人諸多忌諱，不去涉及。那麼一個歷史悠久的國家，對一切都有研究，變成文化。但死，沒有文化。

人生盡頭，最好苦楚全無，打麻將打到一半暴斃，或馬上風，樂事也。

死法學老和尚吧，他們在最後那幾天斷食，安然離去，這是最文明的安樂死，在西方還沒有提倡以藥物終結生命時，東方人老早已經想到。但願自己走時，安樂死已經普及化，以免那數日的捱餓，哈哈。

追悼會一定要在生前舉行。大家在一起開個派對，吃吃喝喝後離開，從此隱姓埋名不涉世事，不見熟人，與死相同。

佛教也提過，臨終前家人別哭哭啼啼，否則影響到死者，令其幽魂不散。讓他們安安詳詳離去吧，別太過悲哀，這一點天主教做得很好，我們還是不行。

我很相信死後靈魂還在這一件事。西方也有科學根據，說屍體會比在生時輕，這不是水份揮發。

最敬仰的弘一法師在遺囑上也寫明，圓寂後八個小時別移動軀體。他說的一定有他的道理。所以家父走時我堅持安放於臥屋裏，南洋天氣熱，一般人會即刻送殮打防腐劑。

說也奇怪，門房開着，去世後剛剛好八個鐘，忽然聽到一聲巨響，門關閉，好像在告訴兒女，我走矣。冷氣房，絕對不是風在作怪，當今想起，有點寒意。

之後，已是皮囊一副，魂消魄散了吧？如果還有靈魂存在，這世上已擠滿，沒空間了。土葬火葬，家人再也不應執着，但將骨灰撒在至愛的維多利亞海港中，即使犯法，也要迫他們去做，這才是完美的結局。

瘋了

有些人，對於錢，想不開就是想不開。

七老八十了，有一大堆的儲蓄，說甚麼，也不肯動用，每天過着對不起自己的生活。

錢是人家的，管他那麼多幹甚麼？朋友一直那麼罵我。說得也是，一種米養百種人，大家的想法不同，才有趣；但見彼等斤斤計較，為一點小費而爭吵，佛都有氣。

一位移民到美國的友人，數十年前抵港，赤手空拳闖天下，有所成；至今老矣，家產越億，亦不懂得享受。好在到了中年，培養了愛好藝術的興趣，又遇文化大革命，內地名家字畫不值錢，大量收購，藏的都是精品。

「參加旅行團，遊世界呀！」我說：「乘現在走得動。」

他橫眼看我，像見到一個引誘他墮入深淵的魔鬼：「哪來那麼多錢？」

「把你收藏的任何一幅畫賣掉，整個地球讓你跑幾圈也用不完。」我說。

「萬萬不可。」語氣有如古人地拒絕了。

他有子女，家產也許要為他們留下，無話可說。但是又有一位剛剛喪妻的朋友，也收藏了很多字畫，我勸他賣掉養個小的，他同樣說萬萬不可，不過他膝下猶虛，無任何節省的理由。

「帶進棺材咩？」沒教養的人可能那麼當面指摘，這句不吉利的話我是說不出來。

其實，當成自己活到一百歲，把剩下的錢逐年計算用完，不行嗎？字畫，身外物也。而且那麼多，少了一兩張根本無傷大雅，獎勵自己一生辛辛苦苦，也是應該。

忽然，我伸手在他的禿頭上打了一下。

「你打我幹甚麼？」他大怒。

我連聲道歉，說自己瘋了。

不好意思

老了，最大的力量，在於不再說：「不好意思。」

年輕人永遠不懂得這個道理，逢事都怕難為情和尷尬，根本不會拒絕別人的要求。心裏一百個不願意，給人一哀求，即刻說好。

小事是飯局，那群俗氣的人派了一個代表游說：「來吃一頓飯，聊一聊。」最初推說這個週末沒空，對方回答：「那麼下個禮拜吧。」下星期也不行？那麼再下下個星期，最後不好意思，只有答應，為自己辯護：「人家是那麼有誠意的！」

結果去了，你只是陪客之一，話題插不進去；一心想走，主人又拚命來留，吃到三更半夜，一肚子悶氣。

大事是借錢。對方死纏爛打，終於借了給他，不好意思嘛，要人家還錢，比登天還難，還要被他奚落一番：「說還一定還的，這麼一筆小數目，煩些甚麼？怕活得比我命短？」

氣呀！氣呀！辛辛苦苦賺來的，自己省吃儉用，這筆錢可以買多少音響器材或者多少化妝品減肥藥！

吃虧吃得多了，吃到人老了，就自然學會拒絕人家，臉皮漸厚。

「沒有空。」說完之後再加一句：「以後也沒有空。」

「不借，扔進海裏，也好過借給你。」

「怎麼幫？跟你非親非故，為甚麼要幫？」

更有效的，是用同一句話講三次：「不可以，不可以，不可以。」

更過癮的是：「走開！」

得罪人又怎麼樣？奈我如何？

你講不出嗎？那是你年輕，你愚蠢，回頭想想為了多少不好意思而遭的鬼罪，你就會說不。不過，你已經老了。

瘋癲

蘇先生蘇太太參加我們的旅行團多次。蘇太太很有氣質，笑瞇瞇地，貴婦人一個；蘇先生雙頰通紅，吃飯時總自備威士忌，把它用一個小礦泉水形膠瓶裝着，方便攜帶。喝酒能像他一樣喝到八十二歲，就發達了。

蘇先生一看到有甚麼不合水準的服務，即刻提出意見，他的要求甚高，因為年輕時早見過世面。我一一接受，看我聽話，他那瓶威士忌喝不完時，就打賞給我。我也到處替他找梳打水，從前威士忌溝梳打，日本人叫為High Ball，當今都只會溝水不賣梳打了。

早上吃自助餐，蘇先生一屁股坐下，打開報紙，等蘇太太拿兩個碟子的食物回來，老人家才動手。我們看了好生羨慕，蘇先生舉高了頭：「教導得好嘛。」

蘇太太才不理會蘇先生扮威風，照樣笑瞇瞇地，其實她看人生看得最透，一切也沒甚麼大不了。她還會自嘲，用端莊的書法寫了「一個女人十段風味書」給我，照錄如下：

一、十歲之前，風風趣趣。

二、二十歲之前，風姿綽約。

三、三十歲之前，風度可人。

四、四十歲之前，風華絕代。

五、五十歲之前，風情萬種。

六、六十歲之前，風韻猶存。

七、七十歲之前，風濕骨痛。

八、八十歲左右，瘋瘋癲癲。

九、九十歲，風燭殘年。

十、到了一百歲，風光大葬。

我看了笑得從椅子上跌地。十個風，除了瘋瘋癲癲的瘋不用風字，倒認為女人不必等到八十歲，從小瘋癲到老，才是女性竹林七賢，才是雌性寒山拾得。女人無理取鬧時十分難頂，偶爾的瘋癲，很可愛的。

男人十風

蘇太太又到辦公室來買鹹魚醬。

「有沒有看到今天我寫你的那篇東西？」我一見到她就問。

「看到了。」蘇太太望着說：「我先生說把他寫得那麼壞，把我寫得那麼好，不公平。」

「這世界本來就是不公平的嘛。」我說。

蘇太太贊同：「尤其是寫了女人十風，我朋友問：為甚麼不寫男人十風呢？罵了女人再罵男人，才叫公平。」

「好呀，好呀！」我說：「請您再提供一些資料。」

蘇太太拿出一張小紙：「我已經替你想到了一些，不夠的，其他你去補足！」

等蘇太太走後，我拿出那張紙頭，的確有些用不着，有些重複，像風風趣趣，本來很好，但已在女人身上用了，就得放棄。

瘋瘋癲癲，用於男人應更適合，不過這一句的「瘋」字只是和「風」同聲不同字罷了，不想再用，只有拼命想些新的。

到最後，勉強地編了「男人十風」。

一、十幾歲時，長得「風度翩翩」。

二、二十幾歲，有了教養以及人生經驗，變成「風流倜儻」。

三、三十幾歲經濟條件建立，買了法拉利「風馳電掣」。

四、四十幾歲，意志風發，出手太快，負了資產，「風聲鶴唳」。

五、五十幾歲，重新做人，腳踏實地，所以能夠撈得「風生水起」。

六、六十幾歲，得「風雲人物」獎。

七、七十幾歲，「風調雨順」。

八、八十幾歲，弄了個狐狸精，身敗名裂結果「風餐露宿」。

九、九十幾歲，全身「風寒濕痹」。

十、一百歲，和女人一樣要死，但已經不能「風光大葬」了。

錢兒子

好歹捱到清晨六點半，酒店的茶樓才開始營業，我是第一個客人。

內地人工便宜，茶樓中的女侍應特別多，穿着旗袍，走來走去。

我要了壺普洱，事前關照：「要很濃，很濃，濃得像墨汁一樣。我肚中的不夠。」

女侍應不知幽默，哦了一聲，走開，回來倒出來的茶，還是淡如開水，這種情形我不知試過多少次，向她們抱怨是沒用的，她們的答案總是：「焗它一焗，就會很濃。」

那麼少茶葉，焗他媽的八輩子，也焗不出一口像樣的茶，但也不作聲，唉，算了。把茶往前一推，要她換過，這麼換來換去，換個五六次，總會得到一杯濃茶。

客人已漸多，坐在鄰桌有一老者，衣着乾淨，每個女侍應都向他打招呼，好幾個圍了上來，和他聊天。

老頭笑嘻嘻地拿出一個打火機來，眾女搶着試用，一按，噴出兩道火，是個鴛鴦火機，大家看了都嘖嘖稱奇。

「在北海道買的。」老者說。

國內人出國旅行不易，老者有這個地位不稀奇，也要有健康才配合得到。

喝完茶走了，眾女送他到門口，付錢時也不見多給小費，怎會這麼受歡迎呢？一個侍女大概看出我的好奇，告訴我說：「他過年的時候那封利是，很厚的。」

我跟上去和老者談幾句：「子女呢？」

「妻亡子散，剩下我一個。」他說。

「不寂寞？」我問。

他指着那群侍女：「這不是我的女兒嗎？」

想起家母曾經說過：「兒女之中，只有一個最孝順，姓錢。錢兒子不背叛你，不離棄你，非得好好培養他不可。有了這個錢兒子，你一生不怕寂寞，他會替你帶來很多朋友。」

禿

沐浴後照鏡子，發現華髮之間，已有脫落的現象，啊啊，你也有這麼一天。

年輕時頭髮簡直不受控制，早上起身，後腦的一撮直翹起來，怎麼梳也梳不平，以髮油淋濕，再試梳，還是失敗。最後只有學女人買把大風筒，重洗一次頭，吹乾才能服貼。

過程中用過綠顏色的「雅離」髮蠟，白顏色的「百露」護髮乳，黃顏色的「萍婷」髮膠，其至透明的「斯歌」髮膏。到最後的資生堂「巴華露斯」泡沫髮膠時，已是多餘，因為沾點水，頭髮已經聽話。

乖乖的頭髮頂上稀薄，是不能避免的事實。

知道這情形只會惡化下去，已作好心理準備，那麼一天來到，一定把頭剪成陸軍裝，或者，乾脆剃光頭學做和尚去也。

絕對不能忍受扮演，我遇見過的禿頭者，他們後腦周圍還有頭髮，中間已光，但還是把那僅僅幾條剩下的長髮，由左邊蓋到右邊，從右側遮至左側，死不罷休。

友人告訴過我，白先勇的那幾條，還用膠水貼在頭頂上呢。這數根似能防老的生存者，拼了老命也去保護它們。遇到微雨，拿出手帕，四個角各打個結，當帽子來頂。可憐到極點。

其實根據最可靠的科學見證，禿頭是遺傳性的：老子光頭，兒子也禿。本來就不關自己事，怕甚麼人笑？

做人，怎麼做到連自然現象也感羞恥？

我們的另一個頭，天生也是禿的，藏在褲中，不拿出來罷了。情濃時，女人愛還來不及，怎麼會取笑它是光禿的呢？

大概，怕以光頭示人的男子，都在心理上，已經性無能吧。這些人，不是人，是蛋。連自己的老母，也認為是雞。

最後的麻將

一個末期癌症的病人文思光，要求彰化基督教醫院讓他在臨死前，打一場麻將。

「太誇張了吧，在醫院打麻將？」醫生們還沒反對，護士長已經不高興。

替病人出頭的是個小護士，叫梅慧敏，熱心工作，被同事們愛戴，大家暱稱她「梅子」。梅子遭她上司警告，不准把這個餿主意向醫生提出，否則炒她魷魚，但梅子已預先答應了病人，怎麼辦？正當她急得團團亂轉的時候，她身後一群年輕人圍上，向她說：「我們來陪病人打，我們不是醫生，只是見習。」

梅子高高興興地跑到病房找文思光，不料，他卻閉上眼睛，搖搖頭說：「太太從下午四點等到六點，等得不耐煩，以為你騙我，便把麻將牌拿回家了。」

糟糕，病人的狀況是隨時可去的，而且今天找齊了人，其他時間沒那麼巧，不馬上打是不行的。

「管理處的阿伯有一副。」打掃的阿嬸偷偷地通風報信。

梅子即刻衝進管理處，但是阿伯說：「給人家知道我帶麻將來，還以為我們一面守門一面賭錢，不行，這副麻將不能離開這裏！」

「好，不能去廟，就把廟搬來！」梅子堅決地說。

大家七手八腳地提着氧氣罩、吊鹽水器，把文先生搬上輪椅，一齊到達管理處，攤開麻將牌，打將起來。

病人精神奕奕，與剛才躺在床上判若兩人，打了兩個多小時，四圈打完，文先生太過高興，又因為還抽了兩支煙，有點氣喘，見習醫師們怕老人家受不了，才趕緊結束。

翌日清晨六時，文先生安詳地走了，她太太抱着梅子，向她說：「你才是真正的醫生。」

判官

發現越來越多人，喜歡把朋友放在天秤上。他們很仔細地觀察：這個友人的行為是否和自己訂下的水準一樣？

一有差錯，便把這個朋友打入十八層地獄，永不超生。

朋友已經不是人類，是一種抽象的砝碼。

唉，真辛苦。

交友之道，古人也常說，喜之則合，惡之則散。淡淡的友情，舒服的傾訴對象，人生一大樂趣。

何時，我們忘了，和朋友聊到天亮還不肯睡覺的往事？

我不喜歡年輕的自己，十分無知，只會嘗試傷害別人的經驗。唯一留念的，是那份交友的熱誠。毫無條件，不帶批評，盡情的享受和對方的談話。

年紀大了，對友情的懷疑，完全是被出賣得多的結果。所以，又只好把朋友放在天秤上了。

人類有數不清的缺點，我們先忘記自己的。交友，應該從原諒他們的缺點開始。

一種米養百種人，我們又為甚麼不能容納不同的觀點呢？那才有趣得多呀。

交友必須謹慎，老人家常勸導我們，我們看到老人家孤苦伶仃，又怎麼會相信他們說的話呢？不會被出賣的只是血緣的親人嗎？那倒未必。朋友比親人好的例子更多。

睡不着的話，別數綿羊，算算一生之中，有多少個朋友吧。才發現五指用不完，更加失眠。

為甚麼我們不能把被出賣當成預算呢？如果要多幾個朋友的話。

我們把朋友放在天秤上，他們何嘗不在衡量我們？

對朋友的要求太過苛刻，自己已經不是人，是個地獄的判官。做判官，很痛苦，你去做，我去交朋友。

老師

好友的父親患癌症，切片下來，證實有毒，現在等着開刀。能怎麼安慰他呢？自己又不是醫生，就算是，也束手無策，這是世紀絕症，至今還沒有解決辦法的呀。

要幫的，應是活人。人，要對自己好一點，才有足夠的愛心去對待別人。生老病死為必經道路，壞在人類的詩歌小說中，將這四樣東西看得太重，永遠是歌頌，從不教人怎麼去接受。

墨西哥小孩吃白糖做的骷髏頭，他們和死亡經常接觸，對它的恐懼消失。葬禮上，大家放了煙花，唱唱歌，悲哀的氣氛減少。

天主教也好，認為走了就上天堂，本人安詳而去，送終的也為之歡慰。

話雖這麼説，輪到自己，親愛的人死亡，還是痛心欲絕的。三年前，家父去時，天下多少宗教或哲學，都不見效。家父年九十，我們做兒女的並非沒有心理準備，而是不肯去接受事實，不知怎麼應付。

曾經讀過詩篇，曰：讓我走吧，留我於心，你我都不好過。

是的，我們怎麼不能由逝者的角度看這一回事兒？的確，我們太多的愛，過剩的情，對於死者，是種負擔。人去了，還要連累活着的幹甚麼呢？簡直是增加他們的麻煩，死者去得不安。

還活着時，盡量陪伴着老人家吧，讓他們活得一天比一天更美好。要是他們還是憂鬱，也不必勉強，總之只要常在他們身邊，已足夠。

對於病患者，我們常說願意以自己來代替他們，這是不可能的，但是可以用他們的逝世來訓練自己。有一天自己臨走，怎麼去安慰身邊的親人。我們會發現，原來，死亡是我們的老師，還能從中學習。

何妨

飽讀詩書的黃霑兄，一天閒來無事，翻《全宋詞》，指出一首趙長卿的作品，錄了下來，傳真給倪匡兄。

詞曰：「居士年來病酒，肉食百不宜口，蒲合與波薐，更着茼蒿葱韮，親手，親手，分送臥龍詩友。」

黃霑在傳真上自添「打油詞」，請倪匡兄指正，黃霑說：「詩固打油，詞亦打油。」

其打油詞曰：「大家一齊戒酒，肉食百不宜口。鮑甫與蝦球，望實依開個口。有修，有修！分送隔籬親友。」

倪匡兄接到黃霑兄的傳真，正是三藩市的半夜，他說夢中讀之，睡意大消，一樂也。誦讀打油詞，又笑又感嘆，不妨大家打其油，作一老人吟，打油如夢令。

詞曰：「年來有病無酒，乜病都要感受。腰瘦與背痛，更着不能起頭。戇尻戇屄！可知配額已夠。」

最後寫上：哈哈，二字。

兩位老友的文通，由黃霑兄寫下給我分享。傳真上說：「瀾兄，傳上匡仔打油詞，淒涼！笑中有淚，淚中有笑也，哈哈。」

兩位仁兄已不喝酒，霑哥患痛風，蝦蟹更不能碰，他說倪匡最近也添多了一樣痛風病，和他一樣。

唉，生老病死事，必經也。兩位仁兄也不必過於感嘆。很多人戰戰兢兢地，甚麼都不敢吃，也患同病，倪匡兄和黃霑兄卻曾經大魚大肉，不枉此生。

人生學識，皆由老人和前輩處傳來，既然知道結局，不如放懷暢飲，管他甚麼膽固醇，甚麼葉綠素，慶幸至今無大病痛，大叫：烈酒又何妨！豬油又何妨！

例子

最近有一項研究：討好朋友撒謊的人有二十八巴仙，對初認識的人撒謊是四十八巴仙，對陌生人則達到七十七巴仙之高。

怎麼看穿對方是撒謊的呢？

學者說臉部表情最難認出，許多人都有副撲克臉。最好認是他們說話用的語言組織。

像尼克遜說：「我不是一個壞蛋。」而不說：「我是一個老實人。」這就證明尼克遜在撒謊。如果你老實，就直接說老實嘛。

歡喜用很短的評語的人，也多在撒謊，像看見一張畫，看不懂，就說：「我鍾意。」

歡喜用很長的評語的人，照樣在撒謊，像看見一張畫，看不懂，就說：「唔，顏色用得很好，不過線條還是軟弱，如果能看多一點他從前的作品，就能判斷這畫家的真假……」

夫婦之間本來無所不談，但是欺騙對方佔夫婦生活的很重要的部份。

「你常騙我，你以為我是白癡嗎？」太太向先生抱怨。

其實丈夫的騙她，不過是不想太多節外生枝的麻煩，也不想作太過的解釋。芝麻綠豆的小事嘛，但對一個女人來講，變得長篇大論，她們要喋喋不休地去探討，重複又重複，丈夫只好把任何事都化成順她的意思去説，目的只是求一片刻的安寧。

對付騙我的人，我用的方法是看他們的眼睛，直盯着，對方一講謊話，就會避開我的視線，這辦法萬用萬靈，一定見效。

不過，你自己需要擁有一股正氣，像文天祥那樣看人才行。我年輕時也常撒謊，現在老了，講謊話越來越少，因為沒工夫去騙人。而且我已爭取到一點點講實話的權利，現在不用，等到幾時？

有時，經長期訓練，絕對看不出真假，像逢女人都説成「靚女」，就是一個很好的例子。即使對方認穿，也默認。

無路可走

乘的士，司機是位年輕人，態度友善，下車時，他交給我一張小傳單，向我說：「請你花幾分鐘看看。」

裏面寫着：你一生的年日。

翻閱，顯然是傳教宣傳品，背後有「彩虹喜樂福音堂」幾個字。

內容為：曾經有人研究人類一生如何花去光陰，發現一生如果有七十歲，他的時間就會如此分配：

睡眠：佔二十三年，一生的百分之三十二。

工作：佔十六年，一生的百分之二十。

電視：佔八年，一生的百分之十一。

飲食：佔六年，一生的百分之八。

交通：佔六年，一生的百分之八。

學業：佔四年半，一生的百分之六。

生病：佔四年，一生的百分之五。

衣着：佔兩年，一生的百分之二。

信仰：佔半年，一生的百分之零點七。

所以，這張宣傳單說我們應該花多一點時間在求神拜佛上。

我並不反對人生有點信仰，只要不沉迷就是。有許多東西是不能解釋的，也解釋不了，所以邏輯並沒有用，只能靠宗教去回答。

只覺得上述幾項分得太細，我對人生是這樣看的：若活七十，睡眠二十三，還要減去年少無知的七年，已去了三十。剩下的四十，人生苦多。三十是不愉快的，只有十年真正快樂。我們一有機會，便盡量去笑吧。我們一遇到喜歡的人，便盡量和他們接近吧。避開負面的人，尊敬可怕的八婆，而遠之。走遠幾步路，去吃一間比較有水準的餐廳，別對自己不起。

老的樂趣

銀灰色的頭髮，原來是那麼好看。
花一杯酒的錢，已得到十杯酒的醉意。
如果活在古時候，這個年齡，大部份的人都已死去。
原來從前留下來的米奇老鼠手錶，是那麼的值錢。
原來你比中國的政壇的元老，年輕得多。
吃多鹹，也不必擔憂。反正沒多少年可活。
如果你請病假，別人已不懷疑。
不必有父母親來嘮嘮叨叨地煩你。
不必因為夢遺半夜起來換底褲。
再不可能遇到世界上最討厭的數學老師。
再不會有一個給你壓力的上司，當然，除了自己的老伴。

已經到達退休年齡，還怕被炒魷魚？

駕車橫衝直撞，別人反而要避你。

可以省下很多買洗髮水的錢。

會遇到很多年輕的女人：年輕的更年輕，老的看起來不見得太老。

柏拉圖說過：當身體上的視覺漸漸失去，心靈上的視覺漸漸靈敏。

就算是乘鐵達尼號，你也會和婦孺一齊坐上救生艇。

到殯儀館的路，很熟悉。

沒那麼快臉紅。

如果你不會抽煙，你可以開始學學，你沒有足夠的時間去生癌的。

能帶比你小二三十歲的女孩子去吃飯，代表你很有錢，而且還幹得動那回兒事。

失望並不太痛苦，因為希望已不太快樂。

喜歡收音機，比電視多一點。

孩子

我這一生，與孩子沒有緣份。

不孝有三，無後為大的舊觀念我還是接受的，但是家中姐姐、哥哥及弟弟各自為爸媽養了兩個孩子，這個任務也不用我去執行了吧？

不想有孩子，因為我自己就是個長不大的孩子。而且，我沒有足夠的愛去給孩子。

這並不表示我對別人的兒女覺得反感，各有各的選擇，所以絕對不要對我懷有同情和惋惜。

城市的孩子，只能享受到暫短的童年生活，他們看電視、學大人，一下子，他們都變得你我一樣，失去純真。

我這種人不適宜有孩子。第一、我感到人生的生老病死再加上重重的慾望，不如意多過快樂。我有權力說這些話，因為我已經過大半生。

第二、我們一直生活在政治不安定、核爆戰爭隨時會發生的陰影下。

第三、我不相信目前的教育制度，把兒童壓得扁扁地，要是有孩子，我一定不讓他上學校，自己教育和開導，長大後才讓他選擇他要走的路。

第四、沒有子孫老來寂寞這句話現在也行不通，他們大了各自離去，到頭來還不是照樣孤獨？

總之，我可以提出一百個理由告訴你，沒有孩子不是一件大不了的事。但是，有了孩子的人，就像固執的傳教士，一定要用一百個理由來反駁你。「你不知道孩子是多惹人歡喜，看他們第一次笑，第一次叫爸爸媽媽就可以讓你快樂一輩子。」接着，他們把孩子的一切雞毛蒜皮的事都詳詳鈿細重複給你聽，不管你會不會悶死。最後，看我一點反應也沒有，就大嚷：「我不想浪費時間和你討論這個問題，有了孩子是人生的另一個階段，你沒有經過，就不知道其中樂趣，不跟你講了！」

樂趣？人生的樂趣除孩子之外也不少呀。旅行、文學、電影、音樂，這麼暫短的時間，豈夠一一去嘗試？同性戀者也同樣地想去說服人家其中的樂趣，難道你就要學他被人走後門？

結緣

在人生中，總會與某些人結識，但是為甚麼這億萬人中不邂逅而去遇到他們呢？這便是「緣」。

往往認識的人有幾個會影響到自己的一生，他們並不限於活生生的，也許是歷史上的人物，或者是圖片上的形象。這幾個人當中，現在冥冥在我腦中的一位是佛，我相信我與佛已經結緣。

對於佛學，我一竅不通，只知道自己很想去了解多一點。對於佛像，我開始有濃厚的愛好。我愛佛像的寧靜，我愛佛像的莊嚴。

一次，在廟裏受到一位高僧的贈與，得一極古典靜謐的銅佛，很想一生保留供養，那知聞悉友人得到淋巴腺癌，我深信要是她得到這尊佛像，病必痊癒，便奉送上去。果然，她開刀平安無事，我也心安，知道這尊佛與我無緣，還是放在她家好。

到各地旅行時經過多處與佛像有關的地方，古剎中的博物館裏的只能陶醉的觀賞；在古董店也有精緻感嘆者，但價錢高不可攀，認為無此必要去買；廟宇旁邊店舖內的，又嫌俗不可耐。

很厭惡一些富裕的人把涵蘊的佛像擺在客廳一角當裝飾品。他們以為佛像在手，已經是與佛有緣，但這種心是否正常？

不如自己雕塑一尊吧。買了很多有關佛像雕刻的書籍、木頭和工具，但為稻粱謀，沒有閒情去動手，還是無緣。越來越喜歡到廟裏去看佛像。有時對着那些巨大形象，所受感染很深，可是又覺得到底是佛給我的？還是造佛的人給我的感覺？為甚麼會對佛漸漸有仰慕之意？是不是年紀的增長、社會的變遷、對自己失去信心、在工作上受的挫折，還是覺得沒有了愛？這都不是答案。

也許是豐子愷先生吧。由他的作品中我認識了他的高尚和優美的思想，令我的心靈昇華。再追溯到影響他的人——老師李叔同。另從李老師的友人和學生敘述他如何出家成為弘一法師，深一層去閱讀法師的作品和演講稿。唉，我還是那麼的膚淺。甚麼時候才能讓我有廣闊一點的精神領域？甚麼時候才能讓我的精神生活更為豐饒？

旅行

你去的地方真多。認識我的人說。

很慚愧，很慚愧，我去的地方一點都不多。

每次在飛機上看航空公司雜誌的地圖，有幾十萬個地名，就知道涉足的實在太過少了。

走幾處名勝拍拍幾張照片後又拍拍屁股走掉，那談不上是旅行。最低的條件應該住上一個時期，懂得幾個單語能夠在市場買菜時討價還價，會搭乘巴士或地下鐵，交上數名朋友，知道何處有最好的餐廳，那麼，你可以自豪地說：「這地方我到過。」

旅行不是全要靠錢，時機和緣份很重要，在淪陷之前不去越南，現在已是面目全非。柬埔寨吳哥窟也是一樣。還有北韓呢？

環境隨時在變，四人幫的時候誰會想到有一天那麼方便地出入桂林？現在自由旅行，又不喜歡那些幹部的嘴險，寧願到一樣落後的印度，至少，他們懂得旅遊賺回來的外滙是那麼的重要。

永遠是跑不完的，等到你走遍時，還有太空呢！我甚麼地方都沒有去過，你說。

人生了下來，就是一個漫長的旅行，只要你注意又欣賞每一個細節，你的周圍，就是世界。

讚 美

被人讚美，打從心裏高興。

不過，到現在為止，我還是不習慣聽這些美言，不管它是真的還是假的。

一次由泰國森林工作後返港，很久沒有剃鬚，給一個女人看到：「你留鬍子，真好看。」

我給她當頭一棒，不懂得怎樣回答，只有嚅嚅地答：「妳那兩撇也不錯。」

有時，也不能過份謙虛，好像聽到人家說：「我喜歡看你的文章。」

「玩玩而已。」我臉紅地回答。

哪知道這位仁兄忽然嚴肅起來：「不用客氣，還看得下去，還看得下去。」

真是自討沒趣。

對付一個讚美，最好是用另一個讚美，下次有人說喜歡我的東西，我一定回答：「啊！你的文學修養非常到家，懂得怎麼樣去欣賞。」

心裏是那麼想，但是到時絕對説不出口，肉麻死了。

其實，最好微笑而不語。再不然的話，就緊緊地抓着對方的手，以誠懇的態度説聲謝謝。

甚麼其他的都是多餘。

不不不

人生已走一大半，不如意事八九。到現在，可以避免盡量避免，深感不值得有更多的煩惱。

大概自幼就有不喜歡愁眉苦臉的性格，小明友們為了梁山伯與祝英台痛哭的時候，我在一旁看徐文長故事，咭咭地笑。

為賦新詞強説愁的階段也曾經過，愛上纏綿悱惻的詩句和小説。但是，那個時候，痛苦等於是一個享受，悲戚是喜劇的化身。

以娛樂當事業，結論是沒有走錯。不會挑選哭哭啼啼的東西為題材，因為一部電影你們可能只看一兩次，但是製作過程中我自己最少過眼二三十遍。悲劇，先會把我悶死。

一種米養百樣人，我不反對別人搞骯髒的政治、當成仁的戰士、做宗教的使者。

總需要一名小丑吧？讓我來染紅鼻子。
跟蹌傷懷、柔腸百轉、五內如焚、心如刀割、怔忡不已、鬱鬱寡歡等等字眼，
最好在我腦中消逝。套句現時流行語：去吃自己吧！
與小人爭權奪利，為名譽，出賣自己？
不不不。

打呼

人類有鼻鼾，據說是動物的自衛本能，睡得不省人事的時候也要發出一種兇悍的聲音，假裝提高警戒，嚇退前來襲擊的敵人。

現在我們已經不生活在洞穴裏，鼻鼾失去了它的作用，反正，你自己睡覺總不會聽見。

戀愛是多麼的美好！在你身旁的人酣夢中打呼，起初輕輕的一聲，吐氣如蘭，啊，是那麼的天真，好像一個初生的嬰兒，眼皮微微的跳動，均勻的鼾聲，忽然停下，一切靜止。是你翻翻身，把拇指吸吮，然後再聲聲地繼續打呼。天已快亮，我為甚麼一直不厭地看，但願你不要醒來。

相處一久，好傢伙，睡在你身邊的人說：你睡覺的時候怎麼打呼打得像：一、火車經過，轟轟隆隆。二、和人說話，嚌嚌嘈嘈。三、小便一樣，噓噓沙沙。四、氣喘如牛，吁吁咻咻。五、似隻奔馬，嘶嘶噪噪。六、如野麻雀，啾啾唧唧。七、若公雞啼，喔喔咿咿。八、流水一般，嘩嘩啦啦。九、雨中踏步，吧吧哆哆。十、樹枝被壓，哆哆吱吱？

女人多數說自己不會打呼，下一次我一定要用錄音機來證明給她們聽聽！

下等福

馮老師雖然逝世，老人家寫給我的一幅字，卻一直陪伴着我。

跟隨過老師的那幾年，令我對很多事情的價值觀念有所改變，也讓我明白了純樸、恬淡是甚麼東西，享用不盡。

對人生附屬的許多煩惱，老師教導我們如何地去摒棄，我們在老師處學到的不單是書法和篆刻，而是如何心平氣和地活下去。

老師寫給我的對子，我將之裱成一幅，以深藍色的緞為襯底，老師說過：「這顏色沒有甚麼人敢用，但是裱起來很穩重，很大方，很悅目。」

對子以篆書：

「發上等願　結中等緣　享下等福
擇高處坐　就平處立　向寬處行」

上款題了「蔡瀾老隸台喜書畫，眈篆刻，隨余問字，刀筆樸茂，尤近封泥，前途拭目以待，勉之勉之。」這幾句話鼓勵着我。

朋友問：「下等福有甚麼好享的？」

我微笑不語。

都是為你好

男女之間，最不能協調的是管和被管。有虐待狂和被虐待狂的另當別論。作為一個人，「自主」，是多麼的重要！

天涼了，出門時對方為你披上一件毛衣，那是關懷，充滿溫暖。火氣大了，煲一鍋清涼湯，那是愛，甜在心頭。但是，關懷和愛絕對不能超出界限。

「這雙鞋子不好看，換對新的。」

老鞋子越穿越舒服，只有自己明白它的好處，又不是穿在你身上，為甚麼要換的？

「多吃幾粒維他命丸，不然會生病。」

捱也捱慣了，小小丸子，就有奇蹟出現？

起初是關心，後來漸漸地變成管。管，是權力的表現，會上癮的，結果甚麼都管。而且，人類很奇怪地常以自己的水準去管人家。知識上，對方會說：那麼簡單的數目，怎麼算不出？體力上，以自己的強健或衰弱來影響：吃得太鹹不好！或者，你為甚麼不多做一點運動，等等。

每一個人的身體構造不同，但是都有一個自然的煞車掣，不舒服了就不會再去做，用不着別人來提醒的。

心裏再煩，被管的時候總是默默然地點頭，因為對方有一個最厲害的理由：

「都是為你好！」

殺夢的人

男人很少長得大。其實，他們也不想長大。

長大來幹甚麼？養兒育女、負責上一代的安危，應付妻子的嘮嘮叨叨，對抗生活的壓力？

當然，這一切，男人還是照樣負擔起來，但是，偶而也應該讓他們再次嘗試做一個無憂無慮的兒童。

好呀，你是一家之主，要做甚麼就甚麼，女人寬容地說。

太好了，即刻離家出走幾天。到處流浪，盡吃一些對身體無益的東西。或者，甚麼都不做，不換衣服也不洗澡，在泥漿中打滾。找找舊情人聊天，一看她們兒女成群，後悔地說不見比見好。

不過，猜疑、妬忌與不信，始終是女人的天性，和她們的母愛相對着存在。讓男人去做了他們喜歡做的事情之後，女人便化為厲鬼，追問十萬個幹了甚麼？

幹了甚麼？

我們一出去，就把城裏所有的女人都搞上了，男人只好那麼回答。

當男人無聊地往窗外望去，女人又追問：想些甚麼？

他媽的，連做夢的自由也要剝削。

女人喋喋不休地問，表示她們對一切一點信心也沒有，真是可憐。

大錯特錯

女人，如果你當她們是理所當然的同類動物，那便大錯特錯。

心理、生理的構造，絕對和男人不一樣，只能以奇珍異獸來看待，好好養育她們、愛惜她們和欣賞她們。

一下子大意，像踏中貓的尾巴，她們會即刻伸出尖銳的爪，在你的鼻子狠狠抓幾道血痕，毫不留情。

小氣、小心眼，是她們的特徵。

豪爽的女人不可多得，個性太像男人的話，味道也就沖淡了。

佔有慾強，更是她們的專長，先做你的朋友、情人、太座之後，她們要做你的老媽子，甚麼事都要由她們來插一腳。

話多是天性，喋喋不休，尤其是第一次和你上過床之後，總有說不完的往事。但是話說回來，不出聲的女人，是一個死女人。

她們也有為你犧牲，與你出生入死的例子呀！你說。

是，是，不過，請你別自作多情地以為她們是愛你，這只不過是她們要證明自己的偉大！女人，只在養幼兒的時候是最真的，男人當然要承認這一點，不然便變為罵親娘。

話說回來，如果妳們當我們也和妳們一樣，那也是大錯特錯。

白髮

「一生人，只年輕一次，好好珍惜。」大家都那麼講。聽到後差點噴飯。

只年輕一次？那麼人到中年，也當然只有一次啦！變為老年，難道可再？

所以，既然都只有一次，每天都應該珍惜。

中年，為甚麼要叫「初老」，或是「不惑」？甚麼事到了「中」都應該是最好的，中心、中央、中原、中樞、中堅、中庸等。

不過，我還是不喜歡那個中年的名稱。

為甚麼不可以改稱為「實年」、「熟年」和「壯年」？

怎樣叫都好，我沒有後悔我所經過的每一個階段，它們卻都是相當充實。

再過一些日子。我便要進入「老年」了。

老字沒有中字那麼好聽，老大、老粗、老辣、老化、老調、老朽、老巢、老表和老鴇的，但是再難聽也要經過，無可避免。

幽靜的環境下，焚一爐香，沏杯濃茶、寫寫字、刻刻印。又有名山、佳餚和美女的回憶陪伴……。

我的頭髮已白，但不染。

染髮

白髮漸多，從前，總希望有一天能以斑斑雙鬢來顯示中年魅力，但是，現在我還是寧願一頭青絲。

白髮最令人討厭的是，應該白的地方不白，不應該白的地方白，後腦一撮，中間幾根，雜亂無章，不如還是拔掉吧。

古人說拔一根生三根，到底有沒有科學根據？就算拔後不重生，但是痛得要命呀！雖然我生性不孤寒，叫我受這種老罪，免了罷。

索性剃一個光頭如何？不過並不是每個光頭的人都會像尤·伯連納光得那麼好看，我幻想我光頭的樣子，一定會像一粒榴槤。

不如去染了它。

千萬別試，一染，白髮長得更快，由髮根白起，中間白，外面黑，快變斑馬了。

電視廣告中出現的染髮膏，說是甚麼一星期後逐漸轉黑，騙不騙人我不知道，只曉得那股藥味非常難聞，用過這種髮膏的人最好躲起來。要是我是女人，叫我和一個男人忍受一晚上那種異味，還是死去的好。

煩惱如千絲，又要為千絲煩惱，真是不值。年輕朋友，別笑我，總有一天白髮會追着你跑。

前輩

一桌十二個人坐下來，個個是我的前輩。

向他們滔滔不絕地發表我的理想，我的抱負。前輩們總是無言地微笑。為甚麼那麼笑？對他們的冷漠，我感到悲憤。我發誓有一天我成為人家的前輩的時候，我一定要表示關懷，我一定試着去和年輕人溝通。

幾何歲月，看見了多少的沉浮，自己也經過無數次的失敗，小夥子不斷地冒出，由幼稚到成熟的過程好像已經縮短，個個一下子就變成老人精，在你面前恭維你，背後即刻插你一刀，我的那一套道德水準落伍了。

後輩們誇耀自己的成就，起先還會讚揚他們，哈哈不得了，他們得意忘形地進一步要花招，當你是傻瓜。其實他們有幾道板斧、屁股有多少根毛，我們都知得清清楚楚，因為他們走的是我們以前經過的路。

忍不住說他們幾句，結果他們反臉，以不愉快的氣氛收場。現在吃飯，一桌十二個人坐下，十一個小子滔滔不絕地發表他們的理想和抱負，我才明白從前那些前輩的無言微笑並非代表冷漠，而是他們笑自己忘了自己的諾言。

豹

星期天經中環，似時光倒流地看到一群年輕人，他們戴黑眼鏡、披皮夾克、着牛仔褲、穿馬靴，不停地聽貓王皮禮士利的歌，梳油膩膩的頭髮。行人為之側目。

你看得慣嗎？同伴問我。

沒甚麼看不慣的，我以前就是那副怪模樣。我不屑的是那群以歧視的眼光看他們的人。

不過，說是復古懷舊的流行，但是的確與原來的阿飛不同了。

當時的皮夾克是付出了勞力，自己儲錢買的。年輕人賺錢不容易，替人家跑腿、洗廁所、送貨物，只剩幾個被剝削了的銅板，心中充滿怨氣和憤怒。忍耐幾個月，一年後不單有能力買衣裝，還可以分期付款地購入一輛大型的二手電單車。

靴的後跟釘上馬蹄鐵，轉彎時擦地面，磨出火花，稱為「熱鞋」，把車停在路旁，用冷漠的眼神盯着遠處，帶點侵略味道。

目前這群青年已馴良，他們具有形貌，但是表情像銀行職工、公務員、理髮匠，花的錢顯然是向父母要的。

是貓。

不是豹。

酒

人為甚麼要喝酒？

最簡潔的答案是：一、高興的時候。二、悲哀的時候。三、任何時候。

年輕時，我總有一百個理由喝酒：今天是週末、珍客來訪、有好的送酒菜、見到圓月、初次下雪、花開了、宿醉要多一杯才能夠還魂等等等等。

喝酒的日子一多，一切變成單調和枯燥，喝與不喝，對於我已經沒有甚麼分別，我少飲了。

當你不喝酒的時候，你就很討厭人家喝酒，那股味道實在難聞。

人，就是那麼的自私。我現在才明白我的喝酒時期中，許多人是受不了我的。

就此戒酒了嗎？

不，不。

酒還是喝的，唯一的不同是我不再隨時喝。

但是，當我付出了腦力和體力之後，便和秋天收穫的農民一樣感到喜躍，我就要喝。這時的酒最開心不過。我不會限制自己早上不喝，或中午不喝。

我不管醉後是否得到你的歡心，最重要的還是自己。

一生中能夠有多少個自己滿足的成就？

喝着，喝着，把大海也乾了。

老

生老病死這個人生必然的過程，「病」是最多人討論的；「生」理所當然，沒甚麼好談；「死」中國人最忌諱，從前不敢去提到它；今天要聊的是「老」。

得從時間角度去看，我們十幾歲時，覺得三十歲人已經很老；到自己是三十的階段，就說六十方老；古來稀了，還自圓其說：「人老心不老」。

我們對漸進式的改變從來不感覺，一下子從兒童到中年到晚年。譏笑別人老的，自己也一定有報應。豐子愷先生在三十多歲時已寫了一篇叫〈漸〉的文章，分析這種緩慢的變化過程，可讀性極高。

為甚麼我們對「老」有那麼大的恐懼呢？皆因那些孤苦零丁、行動不便的人給了我們的印象，以為大家老了，就會變成那個樣子。

你不想老嗎？商人即刻有生意可做，甚麼防皺膏、抗老藥在市面上一大堆，還有我們的整容醫生呢。但是，一切枉然，老還是要老。

應該怎麼老呢？我覺得老要老得有尊嚴，老要老得乾乾淨淨。不管你有錢沒錢，一件襯衫總得洗淨熨直。做得到的話，怎麼老都可以接受的，不一定要穿甚麼名牌。

中國人不會，旅行時就要向外國人學習了。他們當然也有衣着襤褸的例子，但是一般上注重外表，像在巴黎香榭麗舍，到了秋天，路上兩排巨木的葉子變黃，一輛小雪鐵龍汽車停下，是深綠色，走下一對穿咖啡毛衣的老夫婦，在街中散步。一切金黃，和落日統一起來，有多麼美妙！

香港人有必要學老，因為他們是全世界最長壽的人之一，男人平均年齡七十九、八十歲，女人八十六、七歲，俱列世界第二位。

如何學老呢？從年輕開始，就要不斷學習，別無他途。學識豐富了，任何一種專長都可以用來做生財工具，我們就可以不怕窮，不怕老了。年青人，別再打電子遊戲機和無聊的流行音樂了。不然，你就會變成你想像中的老。

婆媳之間

洋人最討厭的人物，就是老婆的媽媽，不知為何，關係永遠搞不好。冷諷熱罵，寫丈母娘的笑話書，一冊冊出版，最典型的一個，是岳母被狗咬死，出殯時一條長龍，以為都是前來憑弔，原來大家問的，是你那條狗在何處買來。

我們的情形不同，岳母看女婿，越看越可愛，可能是東方男人滑頭，懂得怎麼去討好妻子的老母吧。

共同點是大家都對媳婦不好，我們的情形更壞，沒有一個母親喜歡把兒子搶走的女人，婆媳間關係的惡化，是最令我們頭痛的事，爭吵起來，男人像豬八戒照鏡子，兩面都不是人。

除非那個女的是個奴隸，任勞任怨，不然起初還好，後來就越看越不順眼，非把她們的缺點放在顯微鏡下不可。

但當這個女人受盡辱罵之後，自己當了婆婆，也會去欺負兒子的老婆，是怎樣的一個心態，做男人的永遠搞不清楚。

也許是那種原始的佔有本能吧，女人一嫁了，就要把男人當成自己的物業，不給他人一點空間，朋友如是，媽媽如是，不能完全怪家婆不好。

分開來住，問題可以得到暫時的解決，但到了過時過節，總是嘮嘮叨叨，媳婦說：不去吃團年飯行不行？母親說：把那個討厭的女人帶來了，可以早一點走就早一點走吧。

自己女兒還是自己女兒，嫁了出去，多了一個兒子，是一般東方女人的心態。反過來，兒子娶來的，是多了一個女兒嗎？怎麼相同？那種不要臉的，我怎麼生得出？

今天散步，遇九龍城的三姐妹，當年她們全城至美，當今也各自養兒育女了。

三妹也娶了媳婦，問她關係好嗎？

「好到極點，我當媳婦是我女兒，女兒當成媳婦，那不就行嗎？」三妹幸福地笑着說。

或者，這是唯一的辦法吧？

死法

和年輕友人聊天，對方問：「你有沒有想到死的問題？」

「當然，」我笑了：「有一天，來到我這個階段，你也會去想的。」

「那麼有沒有想到哪一種死法最好？」

「古人說：壽終正寢。在睡覺中離開，肯定是最好的。不過很少人有這種福氣。或學高僧，像弘一法師，知天命已盡，在斷食中走，也是好事。」

「太難了，有沒有更好的死法？」

「大吃大喝，做個飽死鬼，也妙。」

「給食物鯁住喉嚨那一刻也不好受的，要甚麼吃死才舒服一點？」

「可以吃河豚的肝，天下美味。日本有一個出名的歌舞伎演員，就是那麼走，死去時，還臉露笑容呢。」

「那麼喝酒喝死呢？」

「不容易，典型的例子是古龍，醫生說再喝就沒命，他照喝不誤，終於完成自己的願望。不過平常人一大醉就想嘔吐，那種感覺比死更難受，也就不會想到用這種方法離去。」

「萬一這種方法不成，像患了癌症，很痛苦，幾經折磨，又沒有生存的希望，怎麼辦呢？」

「打嗎啡好了，一枝枝針打下去，飄飄然，到過量而死，有甚麼痛苦？」

「這不是變成了吸毒者？」

我懶洋洋地說：「你這個人真是不化，人之將亡，還怕變成吸毒者呢？」

對方點點頭：「這個不錯，問題是在怎麼找到海洛因罷了。」

「要找，還是有門路的。」我說。

「太悲觀了，還有沒有更快樂的？」

「有呀，馬上風。」我說：「前幾天報紙說有一項調查，說突然的性行為，心臟病發的風險高出三倍來，這是天下最快樂的死法。設想子子孫孫一下子衝了出去，身體衰竭而死，是多麼地過癮！」

戒煙記

我一向說，凡是陪伴你數十年的東西，都已變成你的好朋友；習慣，也是一樣。

從十五六歲開始抽煙，至今已有五十多年了吧，要我放棄，並不容易。但是，當老朋友要你的命，每晚咳個不停時，也只有找辦法把它戒掉了。

試過多次，吃戒煙丸、貼膏藥布，等等等等，皆無效。

用意志力呀，有人說。哈，誰不知道呢？我是王爾德的信徒，他說過：唯一一樣可以抗拒引誘的方法，就是投降。

一天，看到報紙上的廣告：針灸戒煙。

哈哈，這我有興趣，我的五十肩，就是針灸醫好的，對這門古老的醫學，相信不疑。約好時間，找到觀塘工業區中一棟大廈，在十五樓，有間博愛醫院社區健康中心。我只會早到，門尚未開，幾位年輕女職員正在吃外賣的三文治和咖啡，看到讓我進去等。

九點，正式服務，走入房，天，見其中之一名女娃娃，就是針灸醫師了。問明煙齡，有無藥物敏感問題，一一記載於電腦中，就開始針了，先由腳部手臂等穴位扎針，一面問說麻不麻、痹不痹？不用一個痛字。這也不奇怪，所有醫生對於痛，好像都有忌諱，不存在他們字典之中。

說一點也不痛嗎？那是騙你的，有些穴位並不一定準，尤其是刺到深處。真不願受此老罪，但也強忍下來。這位年輕人還用電流通過針刺激，說是新法。留針半個鐘後，把針拔去，再用一種很短的針，黏着一塊小圓布，像大頭釘一樣針住耳朵，一次八九針。

治療完畢，可以放人，我走了出來，按醫師吩咐，一有煙癮就按幾下耳朵，痛是不太痛，但舒服是談不上的。

有效嗎？有效嗎？周圍的人看到我的耳貼都問，我心中說：哪有這麼快的道理？

一個療程要六次，耐心去戒吧。

第二次治療，我問醫師：「針灸戒煙，主要的穴位是在耳朵吧？」

對方點頭。我提問：「那麼針手和腳幹甚麼？」

「見你咳嗽，有幫助。」她說。

「那麼不用了，咳嗽我吃藥去。」見醫師年輕好欺負，我堅持。

拗不過我，下來幾次集中精神針耳。

「如果有進步，會有甚麼反應？」我又問。

「逐漸失去煙味，有的人會一聞到煙就反感想吐。」

在我的情形，完全沒有這種現象，而且那煙味來得之好，人家說似神仙，我說抽了比神仙還要快樂。

也許是因為我不聽話，不肯配合手腳並針，這六次下來，並不覺得有任何不同。戒煙，是徹底的失敗了。

把這個結果告訴醫師，對方有點失望，同時說：「那要不要尋求別的治療？西醫方面有貼尼古丁的方法，需不需要推薦？」

從她的表情，看出是真正有心，我要求：「可不可以再試一個療程？」

對方即刻為我登記時間，答謝後告辭，坐上車，又想去摸煙盒時，咦，好像感到心頭一陣煩悶，最後還是照吸不誤，但已覺得不是那麼好抽了，是否開始見效？

不得而知。

正當要出遠門，去埃及和約旦考古。剛才那陣感覺，和心臟是否有關？還是先去檢查一下吧，經家庭顧問吳醫生介紹，見了心臟專家劉醫生，仔細地掃描、心電圖等等，結果發現血管已阻塞了兩條。

「還是通一通吧。」劉醫生勸告。

但這次遠門早已安排好一切，因此不成行，太過可惜。

「能不能旅行？」這是我最關切的一個問題。

「沒問題，休息幾天就可以。」醫生肯定。

好，就那麼動手術了。

通血管這回事，當今已是簡單得再不簡單，劉醫生說只要從手腕中插進一條喉管，可在X光之下進行，幾個小時就搞掂，當天進醫院，當天就可以出來。

為了安全，還是住了一晚，在十二點之後再也不能吃東西，也不可喝水。

護士笑嘻嘻走進來，說要剃毛。

我最不喜歡這回事，上次開刀也要，再生時毛硬，左插右刺，那種感覺極不好受。

「醫生說由手腕打進去，和大腿之間又有甚麼關係？」我抗議。

「萬一手部的血管太硬，也要從腿側打進喉管的。」護士解釋。

唉，只有聽她了。

要一顆藥丸，睡到翌日，一早就被推到手術室，事前劉醫生提起過，成功例子百分之九十九，也有萬一。回想這一生，沒有甚麼可以遺憾的，放了一百個心。

原來是不需要全身麻醉的，在完全清醒之下進行了這個俗稱「通波仔」的手術，有一面大熒幕，可以看清楚整個過程。

看了又如何？我閉起眼睛，任由擺佈。

很快很順利地完成，又被推入病房。護士長走進來聊天，說：「吃了那麼多好東西，這麼多年來，才塞了兩條，算是夠本的了。」

我點頭：「夠本，夠本。」

插進喉管的部位，麻醉已消失，開始有點痛，是不是可以打一針嗎啡舒服一番？才沒那麼好，送了一顆普通的「必理痛」而已。

回到家裏，躺了一陣子，閒時拿出 iPad 在床上回答「新浪微博」的網友各種問題，也不感覺到悶，見到網友的數字日日上升，已近一百萬了。

如果不是醫學進步，早個十幾二十年，是要劈開胸膛，從大腿取出一條血管來駁心臟的，想到這裏，大叫幸運。

這段時間，沒有想到抽煙，順理成章，戒掉了。

忍不住爬起床，往菜市場跑。

天已冷，各種蔬菜又肥又大，看見了我，好像笑了出來：「快來買吧，快來買吧。」

把所有食材洗淨，一道道仔細做。沒有算過，也燒出好幾個人都吃不完的菜來。吃完，飽飽，這時，才想到煙，拿出一根二〇〇〇千禧紀念版雪茄，抽了幾口，這不是吸煙，是把完美的一餐結束。

是時候旅行了，我這次由赤鱲角乘半夜機，飛到杜拜，再轉去埃及首都開羅，住幾天後從開羅再到安曼，去看看世界七大奇觀 Petra 那扇玫瑰顏色的巨門。

中間有時差，我在二十六號晚上乘國泰機出發，坐八小時飛機，也在當天一早六點多到達杜拜。杜拜到開羅的那一程，坐的是亞聯酋機，在杜拜的候機室當然是要多豪華有多豪華。候機室一共分兩層，落地玻璃窗望着飛機坪，室內坐得舒服，吃的東西也非常豐富。

一看，二樓有吸煙處，已經不抽了，看看也好，坐了電梯上去，哪有甚麼吸煙室？原來整個二樓，全層都可以吸煙，絕不是躲在一角那麼鬼鬼祟祟。大沙發中間的桌子，放着一個個的大玻璃煙灰盅，任人吞雲吐霧。

但是，對於我，已毫無用處，享用不到矣。人生，實在有點諷刺。

Cancer

我這一個人最不喜歡麻煩人家，得了一個病，需做手術，本來想在外國進行，過後返港，不出聲，以免增加親朋戚友擔憂，後來認識了本地公立醫院的黃醫生，對他極有信心，就在香港開刀了。

事前已申請由病人名單中除名（本地醫院有此服務），但香港記者神通廣大，一本週刊登出消息之後，第二天報紙上也有些記載，故收到不少電話，詢問詳情。我不便一一作覆，又因有關消息多道聽塗説，不如利用這個專欄，談談事情的經過。

兩年前，好朋友何嘉麗來一個電話：「我到廣安醫院檢查身體，那邊的醫生服務不錯，替你報了名，看你去不去？」

想起來，有幾十年沒有檢查過，也好。

經相當的仔細檢驗，主理醫生作出一個報告：血壓正常，不會患心臟病；大吃大喝之餘，肝也沒事。

但是，血液中有種叫 PSA 的測量，發現比常人要高。（PSA 是個專門名詞，我們都不是醫學界人士，也不必去了解太多，此後我也盡量避免運用過程中學習到的專用名稱，以免浪費各位的時間。）

PSA 過高，證明前列腺有毛病，醫生即刻安排了一個抽樣檢查的小手術，全身麻醉，當天入院，隔天就可以出來。

前列腺生的腫瘤，分有毒的無毒的，結果證明了是有毒的。

從前的粵語殘片，寫作人的絕症總是在手巾上吐了一口鮮血，患了肺癆，後來的瓊瑤小說，換成這種癌那種癌。Cancer 這個字變成很大，出現在我的腦海，死於癌症的各種慘狀，現在輪到了我。但回想一下，此生此世，沒有白活，也就處之泰然。

男人子宮癌

前列腺癌，英文叫 Prosse Cancer。

我到書店去，找了所有關於這個病症的書籍，在電腦中也搜索很多資料。

哈哈，原來前列腺腫瘤是一種男人專有的病，女人怎麼搶也搶不去。

前列腺長於膀胱頸與尿道之間，與生殖器接近，聽起來總是不雅，但與性病無關，是生殖系統的一個部份的細胞不聽話，造反了，和女人患子宮癌是一樣的。

週刊上寫的：此病暫時成因未完全明白，這沒有錯。但是「可能與長期食用高脂肪食物有關」的說法，卻非常荒唐，各位千萬不能相信，我所找的所有資料，都沒有這種醫學根據，請儘管大吃豬油可也。最多得一個脂肪肝，也不會生前列腺癌。

世界上許多名人都患前列腺癌，美國副總統道爾也有此症，開刀後活到現在八十。紐約市長朱里安尼也是患者。與他們一比，我是個無名小卒。日本天皇最近也入院開刀，龍體保重，周圍的人不許他吃有危險性的食物，像河豚他都沒試過。

不吃河豚就死的話實在可惜，但他也沒死。

原來所有的癌症之中，前列腺腫瘤生得最慢，有雞蛋那麼大的話，可要幾十年功夫才形成。我的，只有櫻桃般可愛。

醫治方法有四：一、不去管它。二、手術切除。三、電療。四、也是最近的發明，把幾十個米粒般大的放射性粒子種植在腫瘤的周圍，讓它把癌細胞殺死。

有些前列腺醫生都會告新你：「You may die with Prostate Cancer，but you'll not die of Prostate Cancer.（你會和前列腺癌一齊死去，但是你不會因為前列腺癌而死去。）」

但是，毒細胞始終有機會跑到淋巴腺上去，進入骨頭，那麼手尾就長了，並不好玩。

威爾醫生

看完了那麼多有關前列腺癌的資料之後，我第一個想見的人就是威爾醫生Dr.Weil。

威爾醫生是荷蘭人，世界上前列腺的數一數二專家，他是長輩、好友和老師丁雄泉先生認識的，介紹給我，也是種緣份。

我們在阿姆斯特丹見過好幾次面，交談甚歡。威爾醫生是位知識分子，生老病死的問題和我們的見解一樣。

和丁雄泉先生在笑談中我常說：「人生之中最好有一兩個做醫生的好朋友，萬一患上甚麼絕症，可以向他們要求安樂死。能當上朋友，當然認為生死是件小事。」

「所以我們要請你吃飯。」丁雄泉先生笑着向威爾醫生說：「荷蘭人都很孤寒。」

肥肥胖胖的威爾，有個頑皮的孩子臉：「如果有這麼一天來到，手術免費贈送。」

專門做心臟儀器 Pacemaker 的公司又發明了控制生殖器官收縮的機器，需植於人體之內，時常請威爾醫生到東南亞來講學，經過香港的時候，我當然也大肆宴客，威爾醫生打趣：「你還年輕，有一排請呢，這一餐還是我付，不然你要虧本。」

知道了這場病，我第一個時間買了張機票，直飛阿姆斯特丹。

如果要聽專家意見，不如聽最好的。

見了丁雄泉先生，住了一晚，翌日丁先生、他的女友安麗雅、丁先生的兒子丁轟夕和我四個人開車前往。

威爾醫生的醫院在荷蘭古城曼斯鐵，和法國及比利時交界，兩個鐘頭車程，中午休息吃一餐好的，再駕兩小時，才抵達。

荷蘭可以說是個國泰民安的地方，尤其在曼斯鐵，見不到阿姆斯特丹的外國流浪漢，人民生活水準很高，醫院更是聞名歐洲，威爾是主診醫生之一。

曼斯鐵醫院

曼斯鐵醫院建於一個小丘上，路旁兩排梧桐長得又高又壯，見證歷史。建築物很新，是名家的設計，儼如一座巨大的商場，絕無醫藥味道。走進大門，有書局、玩具店、大餐廳，還有小型的菜市場，販賣當地種植的農作物。

抵達那天剛好是禮拜，很多部門不開。威爾醫生如入無人之地，到處找鎖匙一一進入，又叫多名助手等候，對我又一一做了詳細的檢查，不必排隊。

「你是VVIP。」他笑稱。

「絕對不錯。」我說：「是Very, Very Important Pig。」

檢查很快地做完。威爾醫生說：「我們別在這陰森的地方，去喝一杯慢慢聊吧。」

如果說這個完全開朗、乾淨，流線型的抽象建築是陰森，的確不公平。那裏一切儀器都是世界最先進的，要做手術的話，先給病人一枚強心針。

我們去了曼斯鐵的城市廣場，落葉滿地的咖啡室前，坐着衣服光鮮的客人，優優閒閒喝杯東西，見人就打招呼，彬彬有禮。

各種啤酒，顏色從淺至深，我們每個人要了數大杯試試味道，加上香腸和芝士送酒。

威爾說：「醫生都告訴病人：有好消息和壞消息，你要先聽甚麼？我現在要說的是，你的消息，都是好消息。」

我聽了即刻整個人飄飄然，不是因為酒精。

「切除最直截了當，」威爾醫生說：「但當然有免不了的痛苦。電療有後遺症，我不贊成。裝置放射粒子的臨床實驗還是很淺，沒有長遠的歷史證明是最好的方法。你的癌很小，不必去管它，死不了的。」

地下的落葉一下子長回樹上去。我抱着愉快的心情返港。

美國派

事隔一年。我的生活如常，也沒有像週刊上寫的前列腺一旦發炎或生瘤，便會腫起引致小便困難的現象。

陰影還是有的，忽然地出現，又消失。身體，到底是帶着一顆細胞有毒的定時炸彈。

威爾醫生又來香港講學，問起我，我老實地將疑慮告訴了他。

「萬一惡化怎麼辦？」我問。

「到曼斯鐵來，」他說：「我親自替你開刀，保證沒事。」

「你知道我不喜歡麻煩人，上次去的時候，丁先生說如果開刀，他會從阿姆斯特丹去曼斯鐵照顧我，這是我最不想的。」我說。

「嗯，」威爾醫生想了一想：「今晚有個酒會，你也來參加吧。」

在喜來登酒店的宴會廳中，擠滿了香港前列腺科醫生，是個歡迎威爾醫生的集會。威爾醫生替我介紹了黃慶德醫生，簡單地說了一句：「我相信他。」

我這個人就是那副死性，相信了威爾醫生，威爾醫生相信黃慶德醫生，我也就相信黃慶德醫生，就那麼簡單。一切，是緣份。

接着的一段時間，我拜訪了黃醫生，他又安排了一次很詳細的檢查。報告出來之後，黃醫生找我，做了一個長談：「情況不錯。沒有癌細胞擴散到骨頭的現象。前列腺癌的腫瘤長得很慢，所以才有人們和前列腺癌一齊死的說法，尤其是歐洲派的醫生，更不主張開刀。從前的人活得比現在的命短，這個說法更是正確。但是美國派的醫生主張切除，是因為當今醫學發達，命長了，開刀一勞永逸。」

「你屬於美國派的？」我問。

黃醫生微笑：「不過也不急，我們觀察一輪再說。」

快活

「其他幾種方法，你都不贊同？」我問。

黃慶德醫生說：「電療並沒有一百巴仙的把握，而且再長的可能性也有。」

「我也不肯。」我說：「聽說電療之後，頭髮都脫光，多難看！」

黃醫生笑了：「也不是所有的病人都掉頭髮的。」

「裝放射粒呢？」

「香港方面，對這門新治療方法還是陌生。放射粒要從美國買來，有些私家醫院的醫生也會做這一類手術。」

「切除的話，我看過醫學報告，說有影響生殖能力的可能，也會發生排洩失禁的現象，我是不喜歡戴成人尿布的。」我說。

「那就要靠經驗了。」黃醫生說：「那一部份的神經線很密，做的不好的話，會發生你說的現象。」

「威爾醫生說你最有經驗。」我說。

黃醫生謙虛不語。

「我現在應該做些甚麼？」我問。

「每隔半年來抽查一次 PSA，高了再做打算。」黃醫生說。

「就這麼辦吧。」我說。唉，除了這麼辦，還有甚麼好辦？涼拌？

從此，六個月做一次檢查，後來，高了一點，變成三個月一次。

生活照常，吃吃喝喝。一天又一天，很容易過去，快活嘛，就是活得快的意思。

終於，黃醫生宣佈：「已經達到危險時期，是做手術的時候了。」

「好。」我說。

「不怕嗎？」他問。

「沒甚麼好怕的。」我說。

日子決定，要開刀時，我不怕，全世界怕了，因為非典型肺炎爆發。

剃毛人

手術的拖延不是因為其他原因。沙士這段時間開刀的話，醫院病人少，所有的護士都來照顧你，何樂不為？

但是，萬一有人來看病，染上了非典型肺炎，我豈不是變成千古罪人？終於，沙士過了。

對那場病，我也沒擔心，從不戴口罩，我知道回頭一想，一定大笑，不如預先笑之。前列腺的開刀，也應當以同樣態度處理。

決定了七月四日做手術，內科專家蔡醫生，很細心地替我開出種種藥物做事前的治療。麻醉師告訴整個手術的過程，手術後痛楚治療方法有二：一、從背後脊髓打一針，這和無痛分娩的方法是一樣的。二、從鹽水袋中放進嗎啡一類的止痛藥，接連一個像電視遙控器的東西，一痛就按，一按嗎啡就注入，是主動性的。

被動並非我的個性，當然選了後者，不過要求麻醉師下藥下得重一點，我這種又抽煙又喝酒的人，一般的份量是不夠的。到了這個年紀，也不會因為嗎啡一多就上癮嘛。

還見了物理治療師，指導我麻醉後醒來做腳部的運動，又如果咳嗽的話，用甚麼辦法把痰吐出等等。

回家想了一輪，是不是用脊髓減痛和注射嗎啡一起進行？跑去問意見，會晤金庸先生女婿吳維昌醫生，他說可免則免，一種已夠。

七月三日中午，先住入醫院，到了傍晚，剃毛人走了進來，是個男的。唉，怎麼事前沒想到要求女護士來做這件事？

此厮臉無表情，連剃鬚膏也不用，就那麼刮了起來，有連根拔起的感覺，痛個要死，他的工作應該是專門到各醫院巡迴的吧？怎麼手勢還那麼笨拙？但想起他一生只會做個職業剃毛人，也夠慘，不去罵他了。

戲院

開刀這一回兒事，是在全身麻醉後進行的，不會有任何感覺。結果有二：一是醒來，一是翹了辮子，沒有其他。要擔心也沒用，決定了，當成一場夢。

手術分四級：小的，中的，大的，還有超大的。前列腺開刀，屬於第四種。從早上八點鐘推進去，到下午三點半鐘才出來，足足做了五個半小時。事後睡了兩個鐘。

還沒失去知覺之前看到手術室很大，像個小型劇場，怪不得洋人叫它為 Operation Theatre 開刀戲院，如果今後科技發達，弄條腦電波輸入，看它幾部西片，時間更容易過。

「可以醒醒了，手術完成。」我聽到黃醫生在耳邊說。

我微弱地點點頭。

「很成功。」黃醫生說：「不必輸血。」

還好，已夠瘋癲了，要是體內再加入狂人的血，更不得了。不管是狗是人，至今還是純種的。我想把這個想法告訴醫生，但是開不了口，以微笑答謝。

回到病房後還是昏昏入睡，痛醒。即刻找遙控器按嗎啡，再睡，再痛醒，那是第二天的事。

下體很不舒服，開刀前醫生說會接一條管，讓敗壞的東西排出，我以為是從肚子開的，後來才發現管有兩條，一條由腹中出，一條插入生殖器。

早知道要這麼做就會要求醫生看看有甚麼別的方法，但事後想想也沒有甚麼別的方法吧。唉，命該如此，也只好忍了。

拼命再按嗎啡，但麻醉師比你還要聰明，絕對不給過量，再按一百次也就是那麼多。

那種痛楚，得十次諾貝爾獎金的作家也形容不出，總之不是人受的。這也好，今後打針拔牙，都是小兒科。

冤枉

痛楚真是忍受不了。要求醫生讓我用別的方法止痛。

「只有打止痛針，不過這種 Ketorolac 我很少打，否則會有副作用，影響肝和腎。」

針不必在肌肉中注射，我身上有許多個孔，可由手臂那個洞打入，其他的是套在鼻子上的氧氣管、吊鹽水的、排污的、尿道的。

手指上有一個像曬衣服用的夾子，只是比普通木夾子，有個紫外線燈在裏面，能探察體內的氧氣。這已是落後的了，上次查先生生病，住私家醫院，手指上的氧氣燈不用夾子，而是黏在食指尖端，發着亮光極像ＥＴ。

那一針也真的有效，痛楚逐漸減少，焦點模糊了，睡去。

到了晚上，又忍不住，再打一針，聽到護士們在說這種針只能打兩次，我很擔心又作痛的話，如何解決？

看自己的那副貓樣，管子這一條那一條，想起墨西哥女畫家 Frida Kahlo 躺在亨利福特醫院的畫，那種無助和孤寂向誰申訴？

到了翌日下午，我已和痛苦講和，接受和擁抱了它。

「你按止痛藥吧！」護士說。

我搖搖頭，我知道那些嗎啡份量不夠，沒有用的。

已經躺了四天，身背和屁股的皮膚發燒，好在插入鼻頭的那管東西，已沒那麼難忍，代之的困擾是下體長出來的毛，像三天不刮的鬍子，一直刺痛生殖器周圍纖細的皮膚，異常的不舒服，暗咒那刮毛人。這個不適的感覺將維持三數月，至到變回虬髯客為止。

這時喉嚨開始發癢，一聲咳出。這一咳，傷口的肌肉像被撕裂，我整身顫抖。

「開刀時插了喉管，一定有痰。」護士說。

他媽的，早知反正有痰，就不必戒煙了嘛。真是冤枉。

減肥法

外科內科醫生不斷地巡房，再到我的病房，都説進展得不錯。

到了第五天，蔡醫生發現了我的眼白發黃，開始緊張起來。原來我對 Ketorolac 這種止痛藥物有極度的敏感，它傷到我的腎和肝，後來聽吳維昌醫生説，那是相當危險的一件事。

我開始接受醫肝和腎的治療。

好消息則是傷口恢復得快，我自己仔細看看，從肚臍之下到生殖器之上，有一道很長的疤痕，但是並不像之前見過的照片，病人的傷口又粗又黑那麼恐怖。縫着的地方用一大片長形的透明膠紙黏住，樣子還過得去，以後穿泳褲也不顯眼。

「甚麼時候拆線？」我問醫生，拆線也是能夠讓人痛得死去活來，我最不想再經驗的事，但怎麼避免？

「不必拆線。」黃醫生宣佈。

這一下可好。

我想起看過一部紀錄片，學者研究出一種線，是用螃蟹鉗肉中那片薄骨提煉出來的，能溶化於肌肉之內，用在我身上，大概就是這種東西吧。

這時我的氧氣管已拆除，夾在手指上的儀器也跟着免了，鹽水袋也不必吊了，可以吃流質性的東西。

我能下床去走幾步，但要提着那包尿，真不想見人。

終於，在第七或八天吧，黃醫生說可以拔掉插在生殖器的管子。

對我來講，是聽到一大喜事，我可以擺脱人生所有負擔。

護士扶着我，到醫務室的天秤上一磅，比我平時瘦了三公斤左右。

藥丸、纖體公司都做不了我的生意，有甚麼比生病更好的減肥法？

病中記趣

十三天之後，黃醫生已經告訴我：「你的傷口都痊癒，要出院的話可以出院。」但是止痛藥的副作用引起的病還沒完全消除，蔡醫生要我留院觀察幾天。這段時間最無聊了，陪伴着我的是金庸作品，重看最能解悶。

看完中文後想換點別的，剛好哈利波特第五集出爐，那麼厚的一本書，還是硬皮版本，我微弱的身體承受不了。結果將它解剖，撕成每次兩三回的薄冊，捲起來當線裝本看，最舒適不過，這方法也是從金庸先生的生活習慣中學回來的。

另外我本來也有個手提DVD機，準備了很多大陸的電視片集，想溫習清代歷史，但看了三張DVD，已發誓不能碰它，像纏腳布一樣長，病中也看不下去的話，好了更不必去談。

外面的傷口好了，體內的應該還未復元，時有陣陣的微痛，食物戒口，總是要遵守，但是煙，照抽可也。

很感謝在病中一直照顧我的親朋戚友，更感激諸位醫生以及那群白衣天使。當蔡醫生說我的肝與腎已經穩定了下來，即刻要求出院，前後住了十八天。

寫這幾篇東西，另外有一個目的，那是告訴各位男士，前列腺腫瘤這一回事，並不是甚麼難言之隱，和腦癌肝癌淋巴癌都是一樣的，如果研究得出是甚麼造成的話，你已是空前絕後的學者，甚麼獎都頒給你。和抽煙喝酒及大魚大肉也是無關的，請大家不必去推測。

因為這種癌長在生殖器後面，有很多男人羞恥不敢早點去醫治，以為是性病的一種，更是無稽和危險。要面對的，始終要面對。

和倪匡兄談起此事，他也贊成由我親自寫下，說作為病中記趣可也，我正想不到題目，照他的話去做。

瘋了

發表了《病中記趣》之後，在街上遇到的人問：「你沒事了吧？看起來瘦了一點。」

海外友人來電不斷，好在當今電話費很便宜，不然替他們心痛，但也盡量簡潔回答，沒廢話連篇。

電郵更是大批殺到，詢問病情的居多，當中也有替親朋戚友打聽前列腺癌是怎麼醫治的，看哪個人最好？

我雖然有過經驗，但始終不是醫生，恕我不一一作答了。

今天接到一個電話，說有個電台節目談癌症，要我出席。我聽了更笑掉老牙，我只是得過一場病，並非專家呀。

生病總不是一件光彩的事，我本來想治好的話不出聲，醫不了就跑到泰國鄉下當和尚，活一天過一天。

但有了報道，大家好奇，就順水推舟寫了十一篇東西，賺點稿費。寫作人就有那麼一點好處，連生病也可以當作題材。問題是在寫得真不真，夠不夠精彩，有沒有人要看？

想起日本女作家新井一二三，能以中文將她在深圳墮胎的經過赤裸裸地寫出來，可真佩服她的勇氣。我的小病，比起她那陣心身上的痛苦，是大巫見小巫。但是與病魔抗爭的文章，多數看得令人心煩，要看去買一本《讀者文摘》吧。刊登在〈名采〉之中，並不合適。

只有以輕鬆的筆調來對付。凡事一看開，總不會太過嚴肅，困境亦是如此。自殺念頭，也能雲消霧散。

謝謝各位的關心，我現在很好，正在過着優哉遊哉的靜養日子，太過劇烈的運動是不行。食物要戒口，倒是很煩惱的一件事，天天吃魚，快要瘋了。

戒口

戒口這件事，也是中國人獨有吧？

洋人醫院，病者從手術中一醒來就給你喝冰凍的牛奶，吃炸雞腿，甚麼冷熱皆得戒之之言，簡直是放屁。

日本人的，給你一塊燒魚，魚上來一堆蘿蔔茸，加點醬油，是日常的早餐，不管你生不生病，就算單吃白飯喝粥水，也來兩三塊黃色蘿蔔乾 Takuwan。甚麼？蘿蔔性寒又解藥？絕對戒之？聽都沒聽過！

但是幾千年累積下來的經驗，不會錯到哪裏，像蝦蟹、鵝鴨一類中國人所謂吃完會「發」的東西，還是不碰為妙。

中醫開給我的戒口單上，連蔬菜也只能吃菜心罷了，椰菜白菜寒冷，不能吃，芥菜韮菜辛辣，更得戒之。

菠菜莧菜是沒問題的，但我偏偏最討厭這兩種沒有個性的東西。芥蘭花、白菜花也行，你叫我不必戒我也不想吃。

病後親自跑去中醫那裏理論，他已是老友了，看我可憐，大開龍恩，說吃吃豆芽也可以。我如獲赦免，天天吃我百食不厭的豆芽，不過就是不能炒鹹魚，鹹魚為醃製物。凡是泡菜之類的東西都不能碰。

煙酒更得戒之。酒我已少喝，不要緊，但是煙不可不抽，即刻得到中醫師朋友准許，說煙照抽可矣，他本人也抽的。

煎炸物不許，雪糕也要戒，前者我沒甚麼興趣，不吃也罷。天天吃蒸魚，偶而變化一下，只要鑊中下油不多，煎了又如何？雪糕我只愛軟雪糕，尤其是北海道的，牛奶又濃又香，做出來的軟雪糕不可抗拒，不能吃也得吃，不吃太多就是。

其實凡是一切，適合為止，總無大礙。戒的這回事，像敬鬼而遠之好了，要是活得無趣，敬也沒得敬了。

專欄寫作人

「你在病中怎能不斷稿？」好友曾希邦兄從新加坡的電郵中問。

專欄作者不開天窗，只是本份而已。要就不接受這份工作，答應了人家，一定做得最好，父親的教訓，沒忘吧。

我一向看自己，只是一個業餘的寫作人，不過經這場病後，我已畢業，變成一個專業的了，我這麼在電郵中回答希邦兄。

當今的方塊文章，一向被所謂的嚴肅文學中人貶低，沒甚麼值得驕傲的事。我們看到甚麼寫甚麼，想到甚麼寫甚麼，吃到甚麼寫甚麼，就此而已。從來不作得到諾貝爾文學獎的夢，也不妄想成為作家。

藝術家、音樂家、數學家，這個「家」字，不知道害死多少人。年輕時有理想，當然沒錯，但活到某個年紀，還想半路出「家」，談何容易？這個「家」，要付出一生一世的血汗，達到目的的也不出一二。

我們寫作，是從興趣開始，得到額外的收入，也是好事，沒有精神負擔，寫起來輕鬆。一想要當甚麼甚麼家，便覺得有使命感，文能載道、萬古流芳等等，太沉重了吧？

專欄作者也被批評為辭藻不足，沒有文字咀嚼的味道，但活在當今節奏鮮明的大都會中，從盤古初開一直形容到家鄉的花草有多美，已是三百頁的文字，誰能看得下去？

優美的文字可從五四運動之後的作品中抄襲，要多少有多少，並非難事，這七百字的方塊，更一下子填滿。明朝小品，當年也為文人不齒，但那種一字不多的精簡作風，又有誰能學到？我只不過是一個寫作人，記錄了這個時代的瑣碎事，能加點幽默感，已心滿意足。只知道的是不斷地寫，可讀性不高，即受淘汰。繼續寫吧，孤獨地。

沒事了

「生病後，最令你感動的甚麼事？」老友問我。

當然，在病中照顧過我的親朋戚友，和一群白衣天使，最感激了。還有徐家一家的關心，連帶他們的家政助理蓮姨，天天煲不同的湯給我喝，也是大恩人。

至於病後復原當中，最令我感動的是九龍城街市的一大堆好朋友。

賣魚的雷太一直留些活海鮮給我吃：「這叫石崇，最補的了。」

聽說我只能吃菜心，對面的陶記蔬菜送了些最新鮮的：「這是新界菜心，大陸來的沒那麼好！」

豬肉檔的老太太也說：「用這一塊相思骨煲，又甜又多肉。」

燒臘檔的郭太說：「不能吃太油膩的，我選些瘦的給你。」

賣椰菜的太太和她的女兒送些紅蘿蔔：「椰菜沒益，紅蘿蔔儘管吃好了。」

豆腐攤的太太很關心：「知道你最喜歡吃豆芽，但生完病別吃太多。」

三樓熟食檔陳記一家人問長問短：「茶不要喝太濃的了。」

其他檔口很多的慰問，不一一贅述。

最令我感動的還有走在街上遇到的讀者：「你瘦了，但是很精神。不必再戒口吧？」

「天天看你的專欄，你不自己寫還不知道你生病。現在才問候，遲了嗎？」

「不要緊的，不要緊的，看你的臉還紅的，不要緊。是不是？」

從各位的語氣和表情，看得出聽得出是真實誠懇的，我點點頭，微笑嗚咽：「謝謝，有心。」

沒見面的，還有很多關心我的人。我一再致謝：「是的，我沒事了。」

我

活得老了，就學會觀察對方是怎麼樣的一種人。逃不過我們的法眼。

「我開發了大陸市場。」

這個人説完給我一張名片。抬頭上，寫着是某某公司的經理。

一個經理能開發一個市場嗎？沒有整間公司職員的努力，沒有老闆的眼光和大力支持，你做得到嗎？如果是你一個的，那麼去開另一間公司吧。

怎麼可以把一切歸功於一個「我」字？就算是老闆，在外國也用「我們」，從不是「我」。英文的We是謙虛的，我們就學不會用這個字眼。

「我把赤字減輕了。」

政府裏的一個小官説。單靠你一個人？簡直是笑話嘛。

「我的宣傳做得很成功！」

你、你、你？

可憐得很，這些人是爬蟲類。

這個「我」字，說慣了，在老闆面前也用，老人家聽了心裏當然不舒服，但是狐狸嘛，笑着說：「非你不可。」

轉頭，找到另一個人，即刻炒你魷魚，留下你這種人，是危險的。

年輕人總認為自己是不可代替，在當今集體製作、合群經營的商業社會中，已經沒有了一個「我」字。公司一上市，連做老闆的也是受薪，做得不好隨時給股東們拋棄，哪來的我、我、我？

生意做得越大，越學會用人，知道人材會替你帶來財富；而常把「我」字變為口頭禪的傢伙，將會替公司帶來禍害，小心小心。

要做「我」？也行，去當藝術家吧！一幅畫、一件雕刻，沒有了「我」，就死了。

寫文章也是，用「我」是種特權。

做生意嘛，還是少幾個「我」，用回「我們」吧！笨蛋！

快樂

飯後，車上，倪匡兄說：「前幾天看你寫亦舒，把我笑死了。」

「她最近老愛提到男人的體毛嘛，你也注意到了？」我說：「我們做男人的，還不知道有這個寶。」

「是呀，正如你所說：無毛不歡。」

「亦舒的書，和你老兄的一樣，一拿上手就放不下來。」

「唔，本本都好看。」倪匡兄說。

「比較起來，最悶的是那本叫《少年不愁》的，在《明周》連載過，講一對母女在加拿大的生活。」

「好像沒看過，」倪匡兄說：「是不是自傳性地描寫亦舒和女兒的事？」

「有點影子，但全屬虛構，女主角的母親和父親離了婚，現實生活中並非如此。」

「故事說些甚麼？」

「沒有情節，只是一些片斷。當然有母親愛上一個更年輕男人的幻想。女兒在大學時也開始拍拖了。」

倪匡兄嘆氣：「唉，怪不得了。我住三藩市十三年，已悶出鳥來，加拿大是比三藩市更悶的地方，就算亦舒這個說故事的高手，一提到那邊的事，不悶也得悶。」

「精句還是不少的，像『沒有人會對另一個人百分百坦白。』、『那愛侶呢？』『更無必要，眼前快樂最要緊』等等，講到女人怕老，亦舒說：『不知如何，女人至為怕老，可能是因為年輕貌美時多異性眷戀，解決了現實與精神生活，年老色衰，便孤獨淒清，門庭冷落，所以怕老。』」

「她有沒有提到自己快不快樂？」倪匡兄問。

我笑笑：「書上可以找到一些蛛絲馬跡，文中媽媽說：『我快樂，太多人抱怨他們不快樂，我懂自處，也會自得其樂，我要求不高，少女時願望，已全部實現，又擁有你這般懂事女兒，我承認我快樂。』」

不玩

各位看到了倪匡兄的告別，也知道發生了怎麼一回事，之前，他也給過我一封信，抄錄如下：

蔡様：

過年前一病，方知歲月不饒人，精神氣三者俱弱，本來等閒事，竟成不能勝任之負擔。無可奈何，只有把「租界」交還，吾兄必能諒我。

多年來承蒙照顧，銘感五中，竟不知如何言謝。不好意思當面請辭，只好以信代言。

已有稿件可以用到五月底，附上最後一篇，多少說明一些無以為繼的緣由，真的很謝謝。

倪匡

可惜他已學會用九方輸入打字，稿件電郵傳來。不然，嘿嘿，把原稿裱好拿去小店「一樂也」賣，可索高價，作為慈善。

其實要感謝的是我，這些日子以來多得倪匡兄協助，才鬆一口氣，我也與他一樣，精神氣三者俱弱矣。

不過請各位愛戴倪匡兄的讀者放心，日前遇見了他，還是龍精虎猛地，大吞金槍魚數客，面不改色。

但是近來他總是唉聲嘆氣，說周身是病，又曾作詩記事，他說打油詩最好改現成的，字數改得越少越好，詩也改自李商隱「相見時難別亦難，東風無力百花殘；春蠶到死絲方盡，蠟炬成灰淚始乾。」

倪匡兄的是：「坐下時難起亦難，全身無力四肢殘；××××××，蠟炬成灰褲始乾。」

第三句他想不到，要我代作。我問道：「春袋到枯精方盡，如何？」

哈哈哈哈，他大笑四聲，接着說：「人之將亡，其言亦善，我最近向我老婆告白：『謝謝你照顧一生，下世再還。』我的廣東話不正，她聽成『下世再玩』，連忙擺動雙手，大叫『不玩，不玩！』」

眾人聽完，笑到掉地。

四分之三世紀

查先生請吃飯，話題高級八卦，離不開茅山師傅以性愛作的法事，已被法官定罪。

「罪名是詐騙，那也能成立的話，以後每一個老婆都可以告老公詐騙了，哈哈哈哈。」倪匡兄大笑四聲後說。

「太遲了，太遲了。」倪太回應。

「男子追女子，哪有一個不騙人的？」大家都同意。

「要抓的話，去蘭桂坊好了。那裏的男女，抓個不完。」倪匡兄說，大有替兒子申寃之意，眾人都笑他。

「到底有沒有性愛改運這回事？」大家問在座的堪輿學大師阿蘇。

阿蘇搖頭：「我從來沒有聽過。如果我是法官，我會說那麼蠢的事都做得出，把雙方大罵一頓就是。」

話題一轉，倪匡兄說查先生的記憶力，是他認識之人最厲害的一個，有甚麼人和事不懂，一問就有答案，幾十年來從未失手。

「廣東的南天王是誰？」倪匡兄又來考查先生。

查先生想也不想，即說：「陳濟棠。」

陳濟棠又是誰呢？我們這群凡人，當然沒有一個記得。倪匡兄解釋：陳濟棠可是不得了的一個軍閥，自己擁有飛行隊伍。當年想和中央政府對抗，但猶豫不決，跑去問相命先生，相命的給他四個字：機不可失。他以為可以一打，結果造反的是那群飛機師，後來陳濟棠逃到香港，度過餘生。

查先生今年已經八十六歲了，還那麼健康，超過一百絕無問題。他記憶力還是那麼強，連電視連續劇的小角色，由哪一個新人扮演，都說得出名字來。倪匡兄今年也有七十五。

「那是四分之三世紀呀！」他感嘆道：「有個八婆多嘴，看到我吃豬油，拼命勸說這不行，那不行。最初我還不出聲，後來忍無可忍，指着她的鼻子：你活到七十五歲再跟我說！」

走了

媽媽走了，享年九十八，依中國習俗，加天地人三歲，已是一百零一。

悲傷嗎？不。媽為人，一向安排好一切，這兩年，她已凡事不聞不問，連我們這群孩子也不瞅不睬了這好像準備好了，告訴我們，沒有甚麼好哀傷的。

爸爸逝世完全不同，前一天還能溝通，就令人悲哀得多了。

老人家的一事一物都在教導我們。父親臨終前還有一點痛苦，媽媽的食量逐日漸少，有如老僧入定，在睡眠中安然過去，我們看見，如果還學習不到這種死亡方式，是太愚蠢了。

儀式是極煩的事，交給商業機關辦理好了，定好個價錢，一條龍服務，不必再操勞。回顧家母的一生，年輕時甚為活躍，曾和周恩來演過同一場舞台劇；嫁給爸爸後當老師，後來又做了校長，數十年。

教育界的薄薪難不倒她，善於投資的母親，那麼多年前，已知道怎麼選擇，買的多是美國的兵工廠的股票，存款巨額。

「我一共有五個兒女。」她宣佈。

甚麼？我們都傻了，姐姐最大，哥哥第二，我第三，還有個弟弟，一共四人，哪來的第五個？

「這個兒子，叫錢仔呀。」她笑着說：「從來不出聲，最聽話了。」

雖然有潮州女子的勤儉傳統，但對我出手闊綽，每每股票一有斬獲，都給予兩三萬港幣：「拿去買糖吃。」

那時候我已四十幾，每次收到，都臉紅。

友人記起媽媽，第一件事就是她的酒量，一瓶XO白蘭地兩天喝完，幾十年不變。最後的日子已大為減少，但也早中晚飯必喝一大杯，不加冰，不添水。

靈前，我們當然把酒呈上，其他人都燒甚麼紙車紙屋，我們的白蘭地，可是真材實料，老人家在天上，看到了才高興。

恩人

接查先生查太太由墨爾本傳來短訊，囑老太太是一位有福之人，禮堂上應點紅燭，我都照做了。還有眾親友慰問，在此一一答謝。

老家鄰居，一位年輕太太，對母親很尊敬，一直自己做些糕點相贈。媽媽記性不好，忘記人家的姓氏，只管叫她小妹妹，久而久之，節省一字，稱為小妹。守靈那天，小妹和先生來了，我們一家都很感謝他們。無以回報，我每次回來都帶點書送給小妹，因她喜歡讀我的文章，媽媽走了，今後再有新書，亦當寄上。

爸爸去世，媽媽食量減少，只愛喝白蘭地和早上吃點燕窩，弟弟、弟婦事忙，這個工作交給誼兄黃漢民和他的太太，十三年來，一直沒有間斷，現在媽走了，可以不必再負這個重擔。大恩不言謝，漢民兄對我們一家那麼好，永遠感激。

最感恩的是家政助理阿瑛，她來自印尼，是位福建華僑，未婚，來我們家已十三年，一直照顧媽媽的起居。阿瑛人長得矮小，可燒一手好菜，我覺得新加坡一切小食已走了樣，有其形而無其味，所以只愛吃阿瑛燒的咖喱。

最後的這些日子，阿瑛搬進媽媽房間，更體貼地照顧。房內書桌，有一張雙親年輕時的黑白照片，爸穿西裝，媽一身旗袍，戴圓形眼鏡，兩人頗為登對，阿瑛經常對着照片看得老半天，也許感覺到人生應有一個伴侶。

今年，阿瑛也有四十歲了吧，我們一直鼓勵她回印尼嫁人，她從來不花錢，蓄儲下來的數字，去印尼鄉下應該算是小富婆一個。一方面，我們都擔心，要是她不做了，媽媽可沒人看得那麼好。

媽媽走了，我們做子女的都沒流淚，只有日夜相伴的阿瑛，哭得最傷心，已不是僱主，當為自己母親了。

不知怎麼安慰她，只有拍拍她的肩膀，說聲：「阿瑛，我們兄弟已經不哭了，你做妹妹，也不應該哭。」

憑弔

母親的葬禮在薰衣草街的新加坡殯儀館舉行，一共五天，讓親友們來拜祭。事前，在電話中，我交代弟弟，逝者要經過八小時才能移動。這個八個鐘的做法，是依照弘一法師的訓導，源自人走後，在這段期間內還是有感覺的。沒死過，不知真假，但弘一法師是一位研究佛學極深的高僧，不會錯的。

躺在棺木中的媽媽，表情安詳。

一早，有一位坐輪椅的老朋友來憑弔，我依稀認得他是爸媽打麻將年代的搭子之一，我們很感激。但也不照世俗，來者只是燒一炷香，鞠三個躬，沒有家族謝禮這回事，也就輕鬆了許多，不過我還是點頭答謝的。

花圈越送越多，依殯儀館的條例，超過二十個的話，清除時要再給錢，我們當然也不在乎這些小費用，只覺得那麼硬性規定，真是新加坡方式罷了。

有些人拜了就走，有些話家常。有些長屁股，一坐數小時。當然準備好吃的和喝的，那大包塑膠袋裝的落花生，是每一位都剝的，瓜子反而無人問津。

花生來自怡保的萬里望，樣子小小粒，沒有父親葬禮時買的那麼好吃，總之很硬。萬里望花生越來越差，市面上賣的多數是天府之國的產品。

但那麼難吃的東西，還是剝不停手，這也許已成為喪事之中的一個儀式吧。

家母九十八歲，禮堂中點了兩根大紅蠟燭，辦的是笑喪。親友慰問時，我盡量說些老人家生前的趣事，笑是笑不出來了。

想起倪匡兄令堂逝世時，他在堂中大笑。我的一生，受他影響頗深，像處事的豁達、海派的花錢法、從不同的角度嘲笑世俗等等，都模仿得十足，只是這點做不到。我不笑，也沒哭，但心中眼淚直流，是其他人看不見的。

罵人

和母親有一個聯名戶口，是郵政局的儲蓄戶口，沒利息，為數不多，四萬塊坡幣左右。這回家母逝世，弟弟說：「不如把它閉了。」

事前，他到郵政局，問取消程序，該銀行說需要有一張死亡證明書，也照辦了。兩人到了郵政局，女職員忽然宣佈：「不可以！」

「依你所說，辦了，現在又說不行，是甚麼一個道理？如果在世，我可不可拿？」我問。

「那沒問題。」對方回答。

「要是我不老實，不給你看死亡證書呢？這不是迫我撒謊？」

對方無語。我的話越來越大聲：「就那麼幾個錢，到底給不給？」

旁邊等候的客人看到有人敢發脾氣，也都拍掌。

意料不到一大聲，對方說：「我只可以給你一張支票。」

好，照收。支票是星展銀行DBS的，我只好再跑一趟，到星展去。

女職員一看：「拿不到錢。」

「為甚麼？」

「你沒有星展銀行的戶口。」

聽到大惱，話又響了：「你們郵政局和星展是同一機構，發了有我的名字的支票，叫我來了，你又說我沒戶口不行，這不是要迫我在這裏又開一個？哪有這種弱智的辦法？」

這麼一鬧，那女的即刻鑽進辦公室，和上司研究半個鐘，走出來，說可以拿了。又等，一等再等，終於提了款。我說「你到底是不是腦筋有問題？」

女職員呆了：「給了你，你還罵？」

「你不給，我服了你；你給，是因為我罵過。這麼大的一家銀行，怎麼可以請一個小學都畢業不了的職員？」

罵人，最好別用粗口，笨蛋、蠢材等，也不必派上用場。

守和忍

步入老年，周圍的人死得多，除非老友，不然盡量不去殯儀館。醫院也不用去了，走廊中、電梯裏，垂死病人，擠得滿滿。婚禮猶屬糾纏事，食物一定非常惡劣，氣氛雖然熱鬧，心中孤寂。應酬可免則免，山珍野味擺在眼前，美酒盡飲，不如家中白飯一碗。

四種交際，比較起來，吃喜酒還是最受不了。六時入席，主人熱情招呼，轉個頭來，見高官上司，對你就不加理睬。

肚子一餓，已懂得不必客氣，來碗水餃充飢。有四方城，也參加一份，但只限台灣牌，廣東麻將最不公平，別人出銃，也要付錢。

好歹等至九時，以為有東西吃了，豈知新娘新郎，互送高帽。肉麻當有趣，你聽了喜歡，此廂作嘔。

講完了就沒事？不那麼便宜放過你，還要播放卡拉ＯＫ，開始高歌。

殺雞那般哀鳴，還抓着麥克風不放，廣東人有一句話，罵他們為舔麥怪。新郎唱完新娘又唱，再來一曲合家歡。

最忍受不了的是來個酸書生家長，把女兒在外國留學時的來信，唸完一封又一封。做新娘的，也來首沒有平仄、不作押韻的詞句，作新詩詩人狀，朗誦出來。

最初，送現金，從五百至八百，後來錢越不算錢，變為一千兩千了，雖視錢財為糞土，也覺心痛。

後來，學乖了。好彩練了一手書法，就寫給個字奉送，心裏才得到平衡。

寫些甚麼？百年好合最方便，白頭偕老有個老字，不太吉利。送到裝裱店裏，又得花數百一千，更不合算。

前幾天到上海，看到有裱好的空白紅對聯，才數十元，買了幾對，今後凡遇婚嫁，送上打油詩，對曰：

諾言一句守千歲，

婚紙半張忍終生。

本性酷好之藥

李漁說：「一種本性特別喜歡的東西，可以當藥。」

人的一生之中，總有一兩樣偏愛偏嗜的，像文王偏愛用菖蒲醃成的酸菜，曾皙偏愛羊棗、劉伶好酒、盧仝好茶、權長孺好爪，都是一種嗜好。癖嗜的東西，跟他性命相同，如果重病時能得到，都可以稱為良藥。

醫生不明白這個道理，一定要按《本草綱目》檢查藥性，跟病情稍有牴觸，就把它看成毒藥對待，事實上這是特殊的病，不可能很快治好。

當今，加上報紙上的醫療版，一說甚麼甚麼對身體不好，你就一世人甭想吃了。連豆腐也說有尿酸，青菜有農藥，魷魚全身膽固醇，鹹魚會生癌，魚卵更不可碰。內臟嗎？恐怖恐怖！吃雞不可食雞皮，剩下只有發泡膠般的雞胸肉了。

當年瘟疫盛行，李漁得病猶重，適逢五月天，楊梅當造，這東西李漁最愛吃，妻子騙他說買不到，豈知他們家就住在街市旁邊，聽到叫賣，不管三七二十一，買來大嚼，一吃就是一斗，結果病全好了。

這種說法，與倪匡兄的理論完全一致，他老兄說：「人一快樂，身體就會產生一種激素，把病醫好。」

我也同意，只要不是每天吃，一天三餐吃的話，一點問題也沒有。別以為滿足一時之慾是件壞事，其實是種生理和心理的良藥，絕對可以延長壽命。就算不靈，死也死得快樂呀。

個性鬱悶、言語枯燥的男人，是沒有藥醫的，因為世上沒有一種東西是他們喜歡的，他們本身就是一種傳染病，會把你的精力都吸乾為止，凡遇此種人，避之避之。

菜市場中，所謂的不健康食物，多是我們的酷愛。不喜歡肥豬肉，是因為你身體不需要肥豬肉，我年輕時又高又瘦，見到了就怕，當今愛吃，已把它當藥。

狐狸精會炆好三盅東坡肉，凡一切病，都替我治好，她才是名醫。

快樂教教主

和梁玳寧及倪匡兄一齊吃飯，是數十年前的事。當年她辦一本飲食雜誌，來邀我們兩人的稿，被她請客。

近年來，梁玳寧一直宣揚健康的重要性，拼命介紹食品、藥物和醫師給讀者，造福人群，對她十分敬佩。

但是健康的重要，和阿媽是女人一樣，理所當然；倪匡兄和我強調快樂，做人一快樂，甚麼病都少了。

梁玳寧很欣賞倪匡兄的豁達，封他為快樂教教主，問道：「但是要快樂，沒那麼容易吧？」

「是沒那麼容易，」倪匡兄說：「但盡量不做不快樂的事，就不難。做人不快樂，於事無補。如果悲哀能解決痛苦，我就要扮憂鬱。」

昨夜，查先生宴客，慶祝許鞍華得導演獎，眾人提到《明報》五十週年慶典事，少了查先生出席，今天的《明報》，已非我們心目中的《明報》。

值得一提的是倪匡兄在《明報》創刊那天結婚，也有五十年了，他說：「人類在天寒地凍的環境下可以生存，政治迫害下也能生存，但是，說甚麼，也比不上對婚姻制度的容忍。能結婚五十年而安然無事，其他的，都沒甚麼大不了，哈哈哈哈。」

「理曲氣壯。」倪太說。

倪匡兄又笑：「只有聽人家說理直氣壯，沒有聽過理曲氣壯。」

席上，他又講了最近發生的一件事，一次飯局，倪匡兄忽然流起鼻血，而且流得很多，周圍的人都嚇死了，他老兄說：「一孔罷了，不要緊；七孔流血，才厲害。」

離開第一次流鼻血，是二十年前。座上有位穿低胸禮服的靚女馬上拿冰塊俯身來堵，倪匡兄望了一眼：「那還不流多一點？哈哈哈哈。」

想起梁玳寧說我也是快樂教信徒，和倪匡一比，我哪及格？他已不必為生活奔波，我這個還想賺錢的人，便有煩惱，參加不了快樂教。

長命

每年新春時節，我人都不在香港，從來沒有向查先生或倪匡兄拜過年。之後的聚會，話題當然回到做過了些甚麼。

過年前，倪匡兄的一位故交打電話來抱怨一番，也不知道怎麼安慰，想不到在初三，人就走了。

這人女婿通知了倪匡兄，他聽了哈哈大笑：「那不是好嗎？」

「好甚麼好？」對方差點反臉。

倪匡兄一本正經說：「你岳父整天哀聲嘆氣，早走好過遲走。」

倪匡兄已到口無遮攔的階段，不是一般人受得了，除了我們這群老友。

不過有時他講話，也會兜回來，像在街上遇到一個女記者，衝上去說要做一個訪問，給倪匡兄一口拒絕。

那女的快要生氣時，倪匡兄說：「我老婆不讓我給女記者做訪問的，怕我被勾引，尤其是一個美女。」

這時，那女的又被騙得笑嘻嘻。

席間，倪匡兄大魚大肉。張敏儀看到說：「你這麼吃，沒有糖尿病嗎？」

「糖尿病的病徵全有了。中國人叫為消渴症囉，我一直口乾，又不停上洗手間。」

「那還不趕緊看醫生？」張敏儀關心他。我知道倪匡兄最不喜歡排隊，他專找拍烏蠅的診所，找空閒的醫生。

他說：「看了，醫生檢查後，血糖正常。我說不可能吧？我所有糖尿病病徵全有。醫生懶洋洋回答：甚麼病徵？患糖尿病的人越來越瘦，你越來越胖，叫甚麼病徵？」

倪匡兄又口無遮攔：「有一天黃宇詩來找我，說很想念父親，可惜黃霑已不知道。我安慰她：不要緊，我會把你的話轉達給他，我也沒有多少年可活，很快就見到他的。」

我見過很多例子，越是把死掛在嘴邊的，越長命。

年齡

在網上看到一則關於年齡的趣事，試譯如下：

在我們生命中，唯一覺得老是一種樂趣的，只有我們當兒童的時候嗎？

「你多少歲了？」人家問道。

「我四歲半。」

當你三十六歲時，你絕對不會回答：「我三十六歲半。」

四歲半的人長大了一點，給人一問，即刻回答：「我十六歲了！」

也許，那時候，你只有十三。

到了二十一歲那天，你伸直了手，握着拳，學足球員把拳縮回來，大叫：

「Yesssss！我已經二十一歲了！」

恭喜你，轉眼間，你已三十，再也不好玩了！天呀，那麼快！一下子變四十，

怎麼辦？怎麼挽留也沒用，你不止變四十，而且五十即刻來到。這時候你的思想已

經改變：「我會活到六十嗎？」

你從「已經」二十一，「轉為」三十，「快要」四十，「即將」五十，到「希望」活到六十，「終於」七十。最後，你問自己「會不會」有八十的壽命。很幸運地你九十歲了，你會說：「我快要九十一了！」

這時候，有一件很奇怪的事發生：人家問起：「你多少歲了？」你返老還童地回答：「我一百歲半。」

快樂的人把歲數、體重、腰圍等等數字從窗口扔了出去。讓醫生去擔心那些數字吧！你付他的錢，醫生要處理，我們別管那麼多。

生命並非以你活得多少歲來計算，是你活得有沒有意義來衡量。打麻將去吧！如果你沒有甚麼嗜好。至少你不會患上老人癡呆症。

每一天都問自己活得好嗎？散散步，看看花，是免費的。

相見

長者病重，友人來電話。

怎麼可能？那麼年輕，但是事情的的確確地發生了，晴天霹靂。

「是哪一家醫院？」

答案不是養和就是法國。

趕緊去看，這是一條多麼熟悉的道路，一年總要去幾回，變成必經之處。

急救室外，病者家人擔憂地走來走去，即問病情。

答案不是癌病就是心臟有問題。

「請好好地保重。」除了這麼安慰其他還有甚麼話可說。

長者逝世，友人來電話。

怎麼可能？那麼力壯，但是死亡是被證實了，悲哀之至！

「是哪一家殯儀館？」

答案不是北角的香港，就是紅磡的萬國。

馬上去弔祭，這是一條多麼熟悉的道路，一年總要去幾回，變成必經之處。停屍間外，逝者家人痛苦地徘徊，即問是何時走的。

答案不是昨天就是今日。

「請節哀順變。」除了這麼安慰，其他還有甚麼話好說。

輪到自己打電話通知朋友。

「我們也好久不見了，出殯那天，大家好好聊聊。」友人說。

「幫你一齊做個花圈吧？」電話中，像看到友人點頭。自己也點頭暗泣，悲哀的除了長者的離去，還可憐我們這群活着的人，為誰辛苦為誰忙？忙到見面，也要在殯儀館？

應該反省一下，勞碌來幹甚麼？吃吃喝喝算了，不閒也得找出空來，大家喝杯老酒。深愛吳讓之刻的一方印，印文為「只願無事常相見」，感觸頗多。是相見的時候了。

老

要保持年輕的體形，對上了年紀的人，根本是件難事。

「你再瘦一點才好看！」

「你的肚腩為甚麼不消一消？」

「你快點去把那頭白髮染了吧！」

幹甚麼？

老了就老了，老人有個老人樣，是個有尊嚴的老人相，改變來幹甚麼？

誰沒年輕過呢？翻看從前的照片，大家有一個莎士比亞所說的「消瘦又飢渴的樣子」，步入中年的肥胖，是自然的。

「你沒有看到某某人，六十多了，還那麼健康，一點肥肉也沒有，這都是他們運動的關係，你整天大吃大喝，甚麼都不做，怪不得身材越來越難看！」

誰不知道運動會燃燒加路里，但這些人一運動，便一生要做運動的奴隸，一但停了下來，還不打回原形？

人生的每一個階段都是美好，何必爭取那不必要的假象？

要保存的，是頭腦的青春。

要留下的，是童年的一份真純。

時下的年輕人，和他們談話，總覺得他們不停地用甚麼「命裏沒有的，莫強求」、「都是緣份作怪」等等的老人語。更糟糕的，是他們把這些似是而非的短短幾個字，用了三個鐘頭去對你勸說。講個半天，不過是：「汝，三思而行。」

我一直當他們是長輩在教訓我聆聽，點頭唯唯稱是。

對做事的積極，我比許多人強。我不斷地說：「做，機會五十五十；不做，機會是零。」

我重複地認為和年輕人之間有了代溝：我比他們年輕，他們比我老。

霑叔

黃霑從香港乘了三個小時飛機到大阪，停兩個鐘，再坐十小時到洛杉磯，又等兩個鐘，一小時航程，終於抵達三藩市，一共十八小時，連同在香港登機前的等待，真夠他受。

「要我老命吧。」他進門後大喊：「真是歲月不饒人，現在才感覺到辛苦。」

「你上次和雲妮來，是直飛的，才十二小時，抵埗後也還不是睡了一整天？這和年齡無關，老夫少妻的緣故吧。」倪匡兄打趣。

「讓他睡一覺才做節目吧。」我嘴是這麼講，心上說：「萬一這一覺睡不醒，不是泡湯？明天一早我又要返港，讓他睡好，還是不讓他睡好？」

好個黃霑，一聽到做節目兩眼瞪得極大。這次來，他叫了小兒子從溫哥華來會他，在兒子面前總不能認輸呀。

「做，做，做，做完再睡！」他手蹈腳舞，生龍活虎地。

小兒子看得心痛，但也拗不過父親，只有在旁默默地看着。

「是呀，霑叔，休息一會兒吧！」導播心軟地。

「對，對，霑叔，你那麼一把年紀了，吃不消呀！」攝影師又添油加醋。

黃霑最不喜歡人家叫他霑叔，大叫：「甚麼叔？不縮也給你們叫縮了。」

說完捧着下腹大笑。

我們大家也給他的樂觀和他那樣獨有的幽默弄得笑個不停。

「其實古時候的廣東人，父親的朋友，不管是比父親大或者比父親小，一律不叫叔的。」黃霑說。

「那叫甚麼？」導播問。

「叫阿伯呀！」黃霑笑嘻嘻：「叫阿叔的話，不就變成父親的契弟嗎？」

不是問題

從前常忘記這個忘記那個，很不方便。

當今我出門之前，總問我自己：「有四種東西，帶了沒有？」開始數：錢，有了。手提電話，有了。眼鏡，有了。雪茄呢？也有了。習慣，很可怕，學到壞的，終生困擾，好的非養成不可。

我一走進酒店，必把開門的鎖匙或卡片放在電視機上，此後不花時間就能找到，出門之前又問自己：「有一種東西，帶了沒有？」

年紀一大，記憶力衰退是必然的事，年輕時看到長輩邵逸夫爵士，身上總有一片很精美的皮夾，插入白卡，一想起甚麼，即刻用筆記之，隻字又小又細，但力道十足，寫得把紙張也刮出深坑來。

九十多歲人了，還是沒有拋棄這好習慣，當今又電子手帳又手提電話記事，方便得多，年輕男女還是不肯改善記憶力，沒話說。

記性差，有時是天生的，也不能太過責備自己，最糟糕的是不用功，不肯筆記下來。

更壞的，是推三推四，明明自己忘記了還拼命解釋已經打了電話給對方，對方沒有覆電罷了，不關我事。

沒覆電？不會追嗎？年輕人的缺點是叫他們做一件事，很少得到回音，要等問起才搪托一番。我們這些老得已成精的人，怎麼看不出？當面責備多了，大家傷感情，最後只有忍着不發脾氣而已。

事情做錯，道歉一聲，不就行嗎？

記性不佳、最好是想到甚麼即刻做，不然一轉頭就忘記了。再忙，也要停下一切，先辦完想起的事。

但是做完這件，又忘記其他的，也是我自己犯過的大毛病。不要緊，我把我的上司一個個消滅，炒他們的魷魚，到現在沒人管，也沒壓力，要忘記甚麼就甚麼。

如果你也能夠做到這個地步，記憶力差，已不是問題。

胖

一般男人年輕的時候，都有一個莎士比亞所謂的「Lean and hungry look」消瘦又飢餓的樣子。

不單樣子，神態也表現出他們對未來的渴望和野心。亞歷山大征服半個地球，也是這個時候，我還在幹些甚麼？

一日又一日，一年復一年，在不知不覺的漸進之中，年輕人步入中年，又踏進初老，這時他們照照鏡子，驚訝自己的肥胖。

古人總有一個解釋，他們說：「中年發福，好現象。」

的確，到了中年，還要消瘦又飢餓，太辛苦了。生活條件的好轉，令體重增加，本屬當然，但是大家不那麼想，繼續為自己的身型煩惱，永遠和青春爭一長短，明明知道這是一場打不勝的戰。

拼命運動。窮的去健身院，隔着玻璃窗給經過的人笑；有錢的打高爾夫球，給更有錢的看不起。

君不見電影上的米高堅、羅拔狄尼路，都不是由消瘦又飢餓變為胖子一個？

不，不，你看辛康納利，他的頭雖禿，還那麼精壯。哈哈，那是天之驕子，有多少個？你看他當年的〇〇七，還不是消瘦得很？

男人是一種很有容忍力的動物，他們能夠接受生活的壓力、家人的嘮叨、社會的不平，但就偏偏不接受自己的體型。

又老又胖的男人，很失禮嗎？那是信心問題，不以財富衡量。家庭清貧，但衣着乾淨，不蓬頭垢髮，黑西裝上沒有頭皮，指甲修得整齊，是對自己的尊重，別人看見也舒服，與胖和瘦無關。

嫌自己又老又胖的男人，和一天到晚想去整容的女人一樣可笑。閒時散散步，看看花，足夠矣。管他人的娘！

好事

「聽說楊振寧的新婚太太，是你介紹的，有沒有這麼一回事兒？」看到了消息之後，一直想問潘國駒兄。

「是呀！」他坦白承認。

八十二歲的楊振寧，娶的二十八歲太太，是位潮州女子。而國駒的父親潘醒農先生一直主持新加坡的「潮州會館」，就是目前「義安公司」的前身。我們一家，和潘家是世交，父母親常帶我到那裏去玩，印象猶新。

義安公司在這數十年來發揚光大，辦學校等，成為新加坡最大的慈善機構之一，在烏節路建立了義安城，與其他地方的義安組織，性質不同。

國駒兄當過義安的主席，經常要到潮汕去公幹，在那裏認識了一位很誠實好學的姑娘，見楊振寧喪偶多年，就推薦了給他。

「幾時也為我們來一個？」蔡揚名和我不約而同地要求潘國駒。

「你們的太太都健在，沒資格。」他說。

「他最近也太忙了。」潘國駒的太太說。

「忙些甚麼？」

我問：「義安的事？」

「不。」他太太說：「新加坡那些死了老婆的朋友，都來找他。當媒人比出版商出名。」

「對這件事，你們這裏的反應怎樣？」潘國駒問。

「很好呀！」來自台灣的揚名兄說：「大家都認為是一件好事。」

「有很多讀者發電郵給我，說那麼大歲數的人，不應該辜負少婦的青春，問我意見。」我說。

「你怎麼說？」潘國駒問。

我笑了：「我說去他媽的王八蛋，關卿何事？」

「就怕楊先生的家人在他走後，分家產時麻煩。」蔡揚名兄說。

我們三人一齊反應：「人死了，才不管你那麼多呢！」

好辦法

和甘健成兄談到死亡。他說：「父親每天堅持到店裏，坐坐也好，總之要出現。要是有一天去不了，他就知道已經離去的日子不遠。」

「生存下去的意志，是很重要的。」我說。

「去世之前的兩個星期，是在家裏過的。後來去了醫院，人昏迷，掙扎了幾天。」

「我父親也是。」我說：「生前指導我很多事，走時教我怎麼死亡。」

「老人家怎麼說的？」健成兄問。

「他沒有說出口，但是讓我看到了臨終的痛苦。人，應該在那個時候也安樂才是，要是輪到我走那段路，那就像老和尚一樣，逐日絕食，至到體力不支，自然而去，弘一法師就是這麼去的，甚麼事都安排好，還寫了悲歡交集四個字呢。」

「減食的意志力不高呢？像你我都是老饕，不吃東西怎麼忍受得了？」

「胃口那麼好的話，就不想死了。」我笑了出來。

「知道要去，吃吃安眠藥吧。」健成兄說。

「我同意，當花生吃好了，睡得安穩，就不會饞嘴了。」

「最好是來幾杯老酒。」

「唔，來幾口鴉片也好。」

「就怕到時人動不了，周圍的人又不肯讓你做這些事。」健成兄感嘆。

「這就是交朋友的好處，外國紳士老後總和神父來往，我們的古人也愛與和尚聊天，當今的你我，還是賄賂一個醫生吧。」我說。

「醫生很有原則的。」

「所以不用結交兩個字，用賄賂嘛。請客、送禮不在話下，還要陪他去旅行，總之投其所好。弄到他不好意思，問說我能為你做甚麼為止。」

健成兄也笑了：「這個辦法真好。」

偷笑

老友的女兒從外國打電話來求救：「爸爸瘋了，不讓我與男朋友結婚！」我看到她父母拍拖，然後生下這位小寶貝，一轉眼，已到適婚的年齡，見她哭哭啼啼，也心酸。

「怎麼辦才好？」她問。

「先別哭，笑一笑。」我說。

「要生要死了，還笑得出嗎？」

「我讓你笑吧！」我說：「如果你老爸不許你嫁人，你就和那個男的私奔！」家教森嚴長大的她，從來沒有想到有私奔這個辦法，咭的一聲笑了出來後，收線。

做爸爸的心情我能了解的，從小看到大，越來越可愛，每天親親抱抱，是多麼快樂的一件事！當今要給別的男人搶去，教我如何不痛心呀！

很巧合的，多數朋友都只生女兒，等到要嫁人時都大鬧情緒。未來女婿都是一表人才，有份正當的工作，但看來不順眼就不順眼，結論只有一個：你是我的敵人！

有的一生還三個女的，要心痛三次，心臟不出毛病才怪。像另一位朋友小李哥也生了三個，他從前一直笑其他友人嫁女時的煩惱，當今他要面對的是三倍的痛苦。

對這群友人，我一向介紹他們去看小津安二郎的作品，他的電影裏三番四次地描述嫁女兒的過程，由憤怒到接受，最後是失望、無奈和孤獨。

現實生活中，並不那麼悲慘，與女婿和解之後，還是有歡樂的，尤其是當孫子孫女誕生下來的那一刻。

慶幸的是我沒有生兒育女的經驗。看別人的失落，我躲起來偷笑。想到自己結交的一些年輕女友都是人家的女兒，笑得更厲害了。

後悔

比利時一家雜誌，對全國六十歲以上的人作一次問卷調查，問題是：「你最後悔的是甚麼？」結果是：

一、七十五巴仙的人後悔年輕時不夠努力，以致事業無成。當今生活困苦，都是當年的錯。

二、七十巴仙的人後悔年輕時錯誤地選錯職業，他們當年的觀念是「錢多事小，離家近」，結果沒發揮自己的潛力。

三、六十二巴仙的人後悔對子女的教育不夠或方法不當，多年後才發現應該不聽別人，按照自己的經驗和模式去教他們才對。

四、五十七巴仙的人後悔沒有好好珍惜自己的伴侶，現在離婚，才知道原來的先生或太太，都很好。

五、四十九巴仙的人後悔鍛煉身體不足，老來百病叢生。

你呢？年紀大的人後悔的是不是同樣的？

還有你呢？你還年輕，這些話你是聽不進去的。

我認為這種問卷都是多餘，阿媽是女人。我們一早就知道「少壯不努力，老大徒傷悲」這句老話，但是當年充滿活力的你我，都認為我們有大把時間去嘗試，浪費光陰並不是甚麼大不了的一件事。

一切都是命，當今的科學證明是遺傳基因。你的個性是懶的，花一百年時間也不會讓你勤力起來。後悔選錯職業也是命，冥冥中的安排改變不了。對子女的教育是你給他們的遺傳，好種教不壞，壞種教不好。你珍惜伴侶？是看你的伴侶值不值得你珍惜。運動不夠？那是連我這個努力的人也學不會的。

後悔我們一定有。煩惱出自我們的貪婪。兩者兼得，就產生後悔和痛苦。A君或B君，要哪一個？煩惱即來。選其中一個，不後悔就是。一切災殃化為塵，阿彌陀佛！

聽說

在巴黎，走過一個報紙雜誌攤，看見一位名男演員的封面，大特寫。燈光由下面打，強調他臉上的皺紋。這幅像甚有震撼力，表現出這個人物的自信，以及他人生豐富的經歷，拍得實在太好。

反觀東方的明星，拼命遮住老化的現象，染了一頭黑髮，不，當今應該說棕髮、金髮或紅髮吧。請攝影師在鏡頭上加個細紋的濾色鏡，土稱「加紗」，拍得像隻幽魂。真可憐。

生老病死四個階段，是人類最公平的事。老就老嘛，肌肉下垂，又如何？你的爸爸媽媽，不會老嗎？你自己呢？

到了做父母的年齡，還要扮成憤怒青年，或思春少女，問題就來了。

日本人稱男人臉上的皺紋，為「男之紋章」。上面兩個字大家都懂；紋章，則有戰績和成就的意思。和服中的帶子，也綁在肚臍之下，突出那個微微拱起的肚腩，也是男之紋章。沒肚皮的年輕人，還要在腹中藏一兩本書，看起來才像樣。

不過一種米養百種人，整容也是日本人發明的。雙眼皮、弄高鼻子已不在話下，隆胸、抽肚脂、從額頭刮一刀，把皮拉上也是平常手術，還有修補處女膜的呢。

為了防老做這種事，當然是做來給別人看，但年紀一大，表現的是你的個性、你的才華、你的處理年齡的方式，是做來給自己看的，也給別人感覺得到，才是辦法。

禿頭是救不了的，染髮倒很值得同情。一頂灰髮可以接受；完全白掉，不加整理，又毫無油脂，就有個髒相。人老不要緊，千萬別髒，衣着是否名牌不重要，乾淨就是。

頭髮一染，每天得染，要不然髮根處出現一截白的就很滑稽。建議他們吃首烏膏去，能逐漸變黑。我沒試過，聽說而已。

原諒

我們年輕的時候，嫉惡如仇。

這當然是青年人最大的好處，他們天真，不受世俗污染，喜歡就喜歡，討厭就討厭，沒有中間路線。年紀漸大，好與壞模糊了許多，這也不是短處，只是人生另一個階段。

出到社會，同事間有一些看不順眼的，即刻非置對方死地不可。有的講你幾句，馬上想誅他家九族，年輕人有的是花不盡的愛與恨，很可惜的是恨比愛多。

年紀大的人，一切已經經過，抓緊了年輕人的弱點，加以利用，先甜言蜜語把他們騙個高高興興，再加幾句讚美使他們飄飄然，把他們肚中的東西完全挖出來，用它們當成利刃，一刀刀往背後插進去，年輕人毫無擋駕餘地，死了還不知是誰害的。

別罵人老奸巨猾，因為你也有老的一天。奸與不奸，那是角度的問題。自己老了，就認為自己不奸了。就算不奸，在年輕人眼中，你還是奸的。

洋人常說做人要像紅酒，越老越醇，道理簡單，做起來不易。年輕人逐漸變成中年人，又踏入老年，嫉惡如仇的特性慢慢沖淡，但也變不成好酒，有些人總是以為世上的人都欠他們的，所以變成了醋。

老的好處是學習到甚麼叫寬容，自己錯過，就能原諒別人，但有些人偏偏認為自己永遠是對的，不斷地對別人加以評判，要對方永不超生。他們不知道恨別人，也是痛苦事。

交友之道，在於原諒對方。記那麼多仇幹甚麼？想到他們的好處，好過記他們的缺點，這是阿媽是女人的道理，大家都知道，就是做不出。能原諒人，是天生的，由遺傳基因決定，無法改變。我能原諒人，是父母賜給我的福份，很感謝他們。

醫生

「別吃那麼多肥膩的東西！」

「喝酒會傷身的！」

「抽煙危害健康！」

「減少吃鹹的！」

忽然之間，你身邊的人，男男女女老老少少，都變成醫生。

再也不能愉愉快快吃一頓飽的，舉筷之前，總有「醫生」嚕囌。

再也不能痛痛快快喝一回夠的，倒酒之前，總有「醫生」叮嚀。

再也不能舒舒服服抽一支煙的，點火之前，總有「醫生」勸告。

當然，都出自好意，我知道，謝謝各位的關心。但是既然扮起醫生的角色，就要有一點醫學常識，不能道聽途說。

吃肥膩的東西？兩個雞蛋的膽固醇已高過半碗豬油，自己拼命吃蛋而勸人家別吃回鍋肉，就自己要注意了。

喝酒會傷身？西醫卻叫病人臨睡之前來杯白蘭地，其實也不必他們來教，法國佬早已告訴了你。

抽煙危害健康？因人而定。我老爸一直抽到九十歲做仙人去，我想他還在繼續着吞雲吐霧吧。

人體之中有一個自然的煞車掣，不舒服了，自然停止。我近來酒少喝了，就是這個原因，已經不是一個小孩子，懂得自制。

要扮醫生的話，請扮心理醫生，用音樂來治療，用繪畫來斷診。耳根清靜，更是治療病痛的最高境界。勸喻病人，最好帶點禪氣。

活得不快樂，長壽有甚麼意思？

還是看開一點就沒有事，我常扮專家告訴我身邊的友人，不知不覺，也成了「醫生」。

實用

年紀大了，只求實用，不跟流行。名牌不名牌，有甚麼要緊？

一件茄士咩外套，穿個幾十年，溫暖得很，說甚麼也比幾十斤重的萬寶路夾克輕。

把尖頭的意大利鞋子都丟掉，換上一雙叫 Ganter 的德國貨，腳趾處寬大，越走路越舒服。一個化學膠外殼的 Samsonite 行李跟了我去過多少國家，送我甚麼 LV 我都不肯要。

從前還很考究穿雙疊袖的恤衫，現在買到，也把袖子改成鈕扣形，袖口針實在太過麻煩了。

褲子皮帶當然再也不打，曾經一度用吊帶，肚腩收縮得厲害。當今連吊帶也省了，最好買褲頭有橡皮筋的那種。

生財工具，用起 Montblanc 墨水筆最優雅，有金雕的 Pelikan Toledo 也不錯，但是寫完稿雙手沾滿墨水的感覺並不好，用一管即寫即乾的 Tradio，還是上選。

眾人都以為鮑參肚翅最好吃的時候，我已改為芽菜炒豆卜。那一大碗翅，一吃就飽，也不覺美味。

蒸甚麼老鼠斑？我只愛魚汁，用它撈白飯，天下絕品。

領帶自己畫了，省下不少。當年我見一條買一條，只要突出的就是。每條平均五百塊，一年數十條，價錢也不菲。

鱷魚皮包？我一看見就噁心。人家送我的，丟掉也不是，送年輕人，他們也不要，不知如何處置？那個和尚袋，有甚麼裝甚麼，只是一張布做的，還不夠輕嗎？

友人徐勝鶴送他先父一個GP手錶，老人家嫌名貴的皮帶煩，換條廉價伸縮鋼帶。我現在也有這個毛病，所有的錶都換上伸縮帶，貴錶收在保險箱中，從來不去看。手上戴的，是一個便宜的 Ball 錶，黑暗中發起光來，比任何夜光錶都亮，愛死它。

何鴻章

讀到報紙頭條「何鴻章心臟不適入院」，嚇得一跳。本來這些有錢佬我一向不去高攀，但經老友美聯社東方區總裁劉幼林的介紹，認識了覺得他沒有架子，談吐風趣。

何鴻章我們當面叫他的英文名字 Eric，背後叫他老頑童。七十多歲的人，喜歡惡作劇，連兒子也不放過。

他告訴了我一個故事：當他兒子七八歲的時候，要求一隻小馬當生日禮物，老頑童答應。生日到了，「禮物呢？」兒子問。他即刻拿了紙和筆畫了一隻小馬給兒子。

「從此，」他笑着說：「我兒子和我見面，一定帶個律師。」

當然故事不是真的，但顯出他的幽默。

第一次見面，他說想把家族的事寫成劇本拍電影，我勸他作罷：「要害死人，才叫人家拍電影。」

第二次見面，他說想把灣仔的一塊地皮改成酒吧街，我勸他作罷：「要害死人，才叫人家開酒吧。」

第三次見面，他是說：「我決定自殺，你叫我去開妓院吧！」

之後，我們很有緣，一時在倫敦，一時在東京，大城市的旅館大堂都能碰到老頑童，常一塊飲酒作樂。

大家以為他有數十億的身家，都是因為何東家族留下的銀匙，其實在戰後老頑童也窮困過，賣二手車，甚至廁紙，最有趣的是他從美國入口了幾噸雞腳，結果因為冰箱停電而泡湯。

這次昏倒，與心臟病無關，老頑童有的只是糖尿病，大概是缺糖罷了。酒會現場有個醫生，為他急救，老頑童睜開了眼，問道：「你是誰？」

醫生說：「我是醫生。」

老頑童即刻問：「多少錢？」

聽他這麼說，沒事的。

大小高矮

自認對相術、風水和占卜等等學問沒有才華。生出來，不是那條命。但是人老了，吃虧多了，對於看人，總有點累積下來的經驗，而一切有關這方面的書，不也是古人的統計嗎？

自己有自己的一套，與各位分享。

通常先分兩大類：長得高和長得矮。

前者比較單純，後者古靈精怪。

造成高人單純的原因：大概是他們的血液循環慢了一點，每次血液跑到大腦，要走一大圈，就沒那麼多時間去想七想八。

矮人不同，剎那間血液已經走了三四圈，令到腦細胞的組織非常靈活，所以他們的思想很複雜，很多剩餘的空間去製造多一點的幻想，也常無中生有。

另一個原因是矮人從小被周圍的高人恥笑，造成一種自卑，也很快地學會保護自己、比人家聰明，才取得一席的地位。這個分析，大概錯不了。

「你這麼說，是不是暗示我很笨？」身材高眺的小朋友問。

「比起矮人，高人是笨了一點，但是吃虧是福，也不是矮人能夠了解的。」我這麼一說，高人小朋友聽了比較舒服，反正要說服他們，是比說服矮人容易得多。

再仔細一點，眼睛大的人和眼睛小的人，都可以用高矮的同一道理來分析。

眼大的人不一定看的東西比眼小的清楚，但眼小也是因為外形不佳而產生了保護色。大眼睛的人往往看不通眼小的人想些甚麼。而他們想的，多數是致命的招術。

「動手術整容，不就行嗎？」小朋友問，他自己的眼睛很大。

「沒有一個人，做小孩子的時候就去整容的。」我說。

大眼睛人同意，是的，他們也比較單純。

藉口

「我們有子女的人，生活沒有你那麼瀟灑。」友人常向我這麼說。

這是中國人的大毛病。以為一定要照顧下一代一輩子。兒女，在中國人的眼光永遠長不大，永遠需要照顧。

家庭觀念濃厚，很好呀，但是親情歸親情，自己也要快樂地活下去呀。不會的。中國人一生人做牛做馬，為的都是兒女。省吃儉用，為他們留下越多錢越好，他們不會為自己而活。不但教養下一代，還要孝順父母。這是中國人的美德，也沒甚麼不好，但是有時所謂的孝順，變成約束，把老人家也當兒女來管。

我這麼一指出，又有許多人要罵我了。你這個禮教的叛徒，數千年的文化，要你來破壞？你不是中國人，更不是人。

哈哈哈哈。中國人，都躲在井裏。為甚麼不去旅行？去旅行時為甚麼不觀察一下別人的人生？

我的歐洲友人，結婚生子，教育成人後就不太理他們，就像他們的父母在他們成年後不理他們一樣。

社會風氣如此，做兒女的不太依賴父母，養成獨立的個性，自己賺錢養活自己。

這時候，做父母的才過從前的生活，自由自在，不受束縛，也就是所謂的瀟灑了。在一般中國人的眼裏，這是大逆不道，完全沒有家庭觀念。但他們自得其樂，不需要中國人的批評。

誰是誰非，都不要緊，重要的是互相尊重對方的生活方式，他們絕對沒有錯，他們不是不孝，他們也並非自私，他們只知道做人，需要自己的空間和自由。

我們做不到，但是可以參考參考，反省一下。一輩子為子女存錢，是不是是自己貪婪的藉口？

生前式

與其死後追悼，不如活着的時候讚揚，日本也有些人舉辦宴會，叫「生前式」。

你想，這是多麼痛快的一件事——帛金不給別人花，一封封拿在手上，過癮至極。

「甚麼，你才給那麼一點點？」打開信封，還可以大罵。

仰慕你的人、剛結識你的人、老朋友，都聚集一堂。開個大派對，吃吃喝喝，像娶媳嫁女一樣，還有得賺呢。

人快走了，講錢幹甚麼？買最好年份的香檳宴客好了。反正留給家人的已經準備妥當，剩下的，花光又如何，帶得走嗎？魚子醬、黑松菌、河豚刺身。你沒吃過的，應有盡有，絕對比任何宴會都要豪華。

感謝受過他們恩惠的人，讓你幫助過的人還你的恩惠，大家都不許流淚。見到你討厭的，把想要批評的話都說出來，給他一頭狗血，然後請此君離席。就要走了，還要留甚麼面子？

從前的情人一個個出現，才是更大樂，其中一名還沒上過床。耳邊細語，臨終善言總可打動對方，即刻到洗手間翻雲覆雨一番，大戰三百回合可沒時間了。

來個比賽，讓嘉賓上台，一個個向你説好話，看誰讚得最為厚顏，就給獎品，把一生珍藏拿出來，每人都有一份。

參加者須穿最好，顏色最鮮豔的服裝，黑黑白白多沒趣！

拍照留念嗎？這是最後的機會。學簡而清，在從前的麗晶酒店白雲石樓梯上來一張大合照，下星期刊登在各大雜誌為封面。

從此遁入空門，或在清邁深山找塊地做藝術工作，絕對不可見人，否則變成一場騙局。不過，到時三心兩意，復出可也，歌星明星都那麼做了，學他們罷了。

呼喝

在賣葱爆檜兒的攤子坐下，叫了兩條，再加茶葉蛋二個。老太太滿臉笑容地替我把食物在平鑊上壓了又壓，夾了條葱，用碟子盛着，熱騰騰的葱爆檜兒上桌。貪心，再向隔鄰的小販檔要了陽春麵、水餃和小籠包，開始吃早餐。

對面有個一看就知道是萬元戶的新貴，拖着孩子坐下，向老太太呼喝：「來一條，快！我兒子趕着上學！」

憑心而論，罵香港人沒禮貌，但說甚麼也比不過這個大陸人的嘴臉。

那麼多年來，人還是分兩種，欺壓的和被欺壓的，老太太似乎已經接受了後者的命運，默默地辛勤地服務，臉上照樣保持那個笑容。

看那個面目可憎的新貴，認為人類沒有了希望，但老太太給我的是一股溫馨，又令我等待明天。

那個小兒子咬着葱爆檜兒，眼溜溜地直瞪着我那籠小籠包，孩子是沒罪的，我夾了兩個，放進他的碗中，說：「給。」

小兒子不客氣地吞了。

新貴露出笑容，向我搭訕：「你胃口可真好！」

我也報以微笑。

「茶葉蛋怎麼還沒有來？」新貴又是大聲呼喝。老太太連忙賠笑：「來了，來了！」

「我比你大幾歲，你不介意我說你幾句吧？」我向新貴說。

「請講，請講。」新貴原來也會用請字。

「一天你老了，你兒子也對你呼喝，你會有甚麼感想？」我問。

新貴愕然，怎樣也想不到我會單刀直入地責備他，回答不出話來。

小兒子吃完東西，新貴扔下錢，臨走，向老太太說了一聲謝謝。

日日是好日，人人是好人。

窗景

住酒店，你偶而清早起身，聽見隔壁房嚕嚕嚕的放水聲，這個洗澡的人或許是我。我自己起身時，也時常聽到隔房作響，有些人，比我早起。

拉開窗簾，傳來一陣冷意，想不到這兩片薄布，能有那麼大的禦寒作用。

每個大都市的晨早都是灰黑朦朧的，但每分鐘都起變化，忽然天邊的紫改為橙黃，那個方向，是太陽的昇起。

街上似螞蟻的人們，已乘着汽車或踏單車來往，其中夾着路人，看他們穿的是甚麼衣服，知道今天天氣如何。

不管還有沒有人在床上睡覺，酒店生活是愉快之中，帶一股孤獨的哀愁。

而這種感覺，年輕時候是沒有的，它隨着年齡，逐漸增加。年少時是一種享受，老了，是接受，只有旅人才能明白。

無論昨晚吃得多飽，清晨一到，飢火燃燒，總想往外跑，去吃碗地道的麵，別人眼中是安定不下，但旅人知道，真正的原因，還是不想把時間浪費在睡覺上面。

註定與酒店有緣，從第一次住入，身體摩擦着乾淨又漿硬的床單，已開始愛上旅館，當年的願望，是一生之中，有一半在酒店度過！

如今一算，在酒店度過的日子，的確不少，當年的願望，是詛咒，或是祝福，不知道。

只是明白放翁之癖，苦樂兼至，從不後悔。

後悔的是，沒有把每次由窗口望出的情景，以相機或文字記錄下來。

窗外之景，從來沒有一幅相同，而由我們的家中望出的，永遠是一樣。

要是我們不依戀旅途中的窗景，從不遠遊，那麼，總有一天，在六尺深的地下，是沒有窗景的。

意義

朋友問我：「人生的意義是甚麼？」

這個問題天下多少宗教家、哲學家都解答不了。我的答案，只能當為笑話。

人生的意義太過廣泛，最好分幾個階段來討論，不然越想越糊塗。

做學生時只想到玩，人生目的集中在怎麼畢業，或者如何逃學。

出來社會奮鬥，物質享受並不重要，拼命爭取更多的權力。

步入中年，生兒育女是最大的意義吧，這時經濟已穩定，但想盡辦法怎麼去保護自己建築的城堡。

垂垂已老，再回到物質享受並不重要的階段，求個安詳。

「人生的意義到底是甚麼？」朋友再追問：「你講個老半天，還講不出一個道理。」

「人生沒有意義。」我回答：「任何目的，達到後還是一場空，沒有意義就是空。」

「這種道理似是而非，根本說不出一個所以然！」朋友罵道：「你說的那幾個階段，具體一點回答行嗎？」

「行。」我說：「像一個故事一樣，起先一個人住一間小屋，結婚後兩個人生活，努力買一間大一點的；生了兒女，買一間更大的大家住。後來，兒女一個個離去，大屋子打理起來很麻煩，便換回一間小的，兩個人夠住就是。等到其中一個死去，剩下來的人換間更小的。漸漸地體力不支，再要求最小最小的環境居住，那就是一副棺材了。」

「去去去。」朋友已大罵；「你這個人最近總講一些喪氣話，有沒有愉快一點的？」

我默然。人生意義到底是甚麼呢？吃得好一點，睡得好一點，多玩玩，不羨慕別人，不聽管束，多儲蓄人生經驗，死而無憾。這就是最大的意義吧，一點也不複雜。

老頭

今天的外電中又說，心理學家證明，快樂和個性有關，開朗、自重、樂觀的人，自然快樂。有錢人，出名的人，如果個性不樂觀，照樣是不快樂的。

再一次地證明我們的一切都出自遺傳基因DNA。美國人胖子多，是因為胖子的身上缺少了認識肚子飽的基因，甚麼東西都吃得下去，所以變成胖子。

你看，連胖子都是命中注定，我們還去擔憂些甚麼？

如果你贊同我這句話，那麼請放心，你是屬於樂天一派，今後一生，笑着度過。

假如你罵我胡說八道，那麼你有一個暴躁的因子，請小心，會惹禍。

要是你幽幽地怨說為甚麼自己的想法不同，那麼你在遺傳上是個多愁善感的人，注定是一個悲劇人物。

要改變自己的個性，非趁年輕不可，一老就固執，不管你是哪種人，都有一個共同點，那就是越老越不聽人家的勸告。

最怕遇到的是林黛玉型的女子。就算是多美，也應該避開。這種女人好的也怨，壞的也怨，永不休止；怨到最後，只有自殺或病死。別以為我在胡說，親眼見到的就有好幾個，絕不虛假。

一些命中注定失敗的人，也很容易看出。他們永遠認為自己的想法是最好的，只是別人不會欣賞。而且，他們會教你做這個、做那個。主意一籮籮，但沒有一個行得通。

天生少了一條筋的女子真難得，她們永遠笑嘻嘻，是個白癡。只對痛苦是白癡，其他事還是很聰明，遇上這種女人，三生有幸。

既然注定，我們不必花精神去改造自己。

天如禪師說過：「人生能有幾時？電光眨眼便過！趁未老、未病，抖身心，撥世事；得一日光景，念一日佛名；得一時工夫，修一時淨業；由他命終，由他命終，我之盤纏預辦，前程穩當了也。若不如此，後悔難追。」

把念一佛名，改為喝一壺酒，把修一時淨業，改為吃一餐好飯。便功德圓滿。

發願文

弘一法師的書信手稿選集，線裝本，印刷精美，能讀到此書，福氣也。書信稿的書法最為隨和，內容也親切，不像一般文章太過工整。其中致弟子劉質平者最多，共錄九十七通，給豐子愷的反而少了，只有十二封信。寄老朋友夏丏尊的有六十封。

可惜不錄寄新加坡廣洽法師的書信，但廣洽法師曾出版他們兩人通信的全集，只是印刷數量有限，許多人都沒有緣份讀到，希望大陸能將它以木版水印再版，與讀者同分享。

從一九〇五年到一九二六年之間，弘一法師寫過二十六封信給友人楊白民。選集裏的致楊白民的最後一封信，其實是寫給楊先生的女兒的。

楊女士的字蹟大概很像其父，信一開始歷述其父病狀，弘一法師驚奇，從不知楊白民還有一位父親在世，看下來後，才知道是楊女士報告其父死亡的消息，令法師悲痛不已。

弘一法師當時亦被頑疾纏身，但還是打起精神為亡友誦經唸佛，冀老友宿障消滅，往生人道天中，發菩提心，修持淨行，當來往生極樂，早證菩提。

之後，弘一法師囑楊女士誦地藏菩薩本願經，以及阿彌陀佛經，但也許弘一法師預知此二經文太長難唸，縮短為一篇發願文，請楊女士早晚唸三遍，現錄如下：

「以此誦經，持名功德，迴向亡父楊白民居士，惟願亡父，孽障消除，生人天上，覺心普發，淨業勤修，往生西方，早成佛道。」

我父親今年初去世，正不知在燒香供奉老人家時說些甚麼，現在讀到此發願文，改填上家父姓名，剛好派上用場。

一切冥冥之中，有所安排。感謝法師指點。

按摩

有些人提起「按摩」這兩個字便一臉討厭相：好好的自己一個身體，為甚麼要給一個陌生人來摸？其他一些人說：「按摩？癢死了。」更有些人反對，認為是一種小資產階級的奢侈。

按摩最早是一種治療的藝術，原理與針灸一樣是刺激相對的穴道來抵消痛苦，與後來發明的階級和主義無關。

除減少痛楚外，按摩還能增加感官上的享受，一有這種經驗，便會終生喜歡。由相愛的男女互相撫摸，是理所當然的事，但大家畢竟不是高手，經職業按摩師純熟的技巧，可以把性愛之外的歡樂，帶入另外一個境界。

中國傳統的按摩，應是上海浴室中能領略到的藝術，師傅們由最易疲倦的腳部開始，施展至全身，過程中以空掌鼓打時的「噗噗」有聲，此種節奏感讓客人放輕緊張的肌肉，享受到身心的鬆弛。

日本的按摩在搥背時亦發出聲音，可是注重在穴道的壓力，多在默然中進行。客人是穿上傳統的夏日睡衣，漿得挺挺的，在指壓中「嗦嗦」有聲，是它的特色。

其實在裸身中的按摩是最自然的，西方人多以此方式。

為減少手指與肌肉的摩擦，他們利用了橄欖油，按完後師傅會以棉花沾酒精，將客人全身的各部份擦乾淨後再去洗澡。

寒冷的哈爾辛基，按摩院設於湖邊小屋，湖中挖一個洞，客人蒸完三溫暖之後跳入洞中，浸完冰水一起來，全身發出蒸氣，像給一團白雲包籠，按摩師以帶葉的橄欖枝掃打客人的身體，以此為按摩。

炎熱的印度，按摩師以瑜珈術為客人服務，他一吸氣，便一直按下去，直到吐氣為止。我們跟着他的節奏去運動，做完一次按摩，便是一場平靜的休息。

各處皆有不同的按摩，找相熟的能得到更多的服務，但是初到陌生地應該怎麼辦？

最好是將豐裕的小費分成兩份，在按摩時給一半，答應師傅做得好的話，另一半一定是屬於他的。